suhrkamp taschenbuch 1681

W0199699

Marguerite Duras, die 1914 in Giadinh/Indochina geboren wurde und heute in Frankreich lebt, ist sowohl durch ihre Romane als auch durch ihre Dramen, Hörspiele und Filme in Deutschland bekannt geworden.

Zu ihren bekanntesten Werken zählen neben dem Roman *Der Liebhaber* (L'Amant), *Hiroshima mon amour* (erschienen als st 112), *Die Verzückung der Lol V. Stein* (st 1079), *Ganze Tage in den Bäumen* (st 1157), *Der Nachmittag des Herrn Andesmas* (BS 109) und *Moderato cantabile* (st 1178). Ihr Werk im Suhrkamp Verlag ist auf den Seiten 179 und 180 dieses Bandes verzeichnet.

Dies ist das Buch, das Marguerite Duras nach dem *Liebhaber* geschrieben hat. Es ist bisher in einer Auflage von 900 000 Exemplaren in Frankreich erschienen. Blaue Augen, schwarzes Haar und eine auffallend weiße Haut – für eine ungewöhnlich schöne Frau und einen Ausländer gilt diese Beschreibung gleichermaßen. Sie sehen sich ein letztes Mal, verzweifelt, in einer Hotelhalle, es ist ein prachtvoller Sommerabend. Ein Dritter beobachtet ihre Trennung. Er weint. Er bittet die Frau, mit ihm zu gehen, in ein fast leeres Zimmer am Meer. Dies ist die Anfangs- und Schlüsselszene »der neuen, aufregenden Erzählung von Marguerite Duras. Ihr Thema ist die Liebe in ihrer zehrendsten Form: der leidenschaftlichen Vergeblichkeit.«

Frankfurter Allgemeine Zeitung

»Marguerite Duras treibt den Mann und die Frau – jeden für sich, denn sie erleben das Leid vieler Lieben, die Ungleichzeitigkeit der Gefühle – in Grenzbereiche der Erotik und des Sexus, wie auf der Suche nach deren elementarer, alles umfassender Urform. Ihre literarischen Figuren erscheinen wie das Medium einer Séance zur Ergründung der Liebe – die auch die Geschichte zweier sich fremder Planeten ist.«

Basler Zeitung

Marguerite Duras
Blaue Augen schwarzes Haar

Aus dem Französischen
von Maria Dessauer

Suhrkamp

Titel der Originalausgabe: *Les Yeux bleus Cheveux noirs*
Umschlagillustration: Edward Hopper. Rooms by the sea. 1951
© Yale University Art Gallery, New Haven/ Nachlaß von
Stephen Carlton Clark

suhrkamp taschenbuch 1681
Erste Auflage 1989
© 1986 by Les Éditions de Minuit, Paris
© der deutschsprachigen Ausgabe
Suhrkamp Verlag Frankfurt am Main 1987
Suhrkamp Taschenbuch Verlag
Alle Rechte vorbehalten, insbesondere das
des öffentlichen Vortrags, der Übertragung
durch Rundfunk und Fernsehen
sowie der Übersetzung, auch einzelner Teile.
Druck: Ebner Ulm
Printed in Germany
Umschlag nach Entwürfen von
Willy Fleckhaus und Rolf Staudt

1 2 3 4 5 6 – 94 93 92 91 90 89

Für Yann Andréa

Ein Sommerabend, sagt der Schauspieler, wäre Zentrum der Geschichte.

Kein Windhauch. Und schon breitet sich, vor der Stadt, mit geöffneten Türen und Fenstern, zwischen dem roten Dunkel des Westhimmels und dem Halbschatten des Parks, die Halle des Hôtel des Roches aus.

Im Innern Frauen mit Kindern, sie sprechen über den Sommerabend, das kommt so selten vor, drei oder vier Mal in der Saison und nicht einmal jedes Jahr, daß man ihn nutzen muß, ehe man stirbt, man weiß ja nicht, ob Gott zuläßt, daß man noch mehr so schöne erlebt.

Draußen auf der Hotelterrasse die Männer. Man vernimmt sie ebenso deutlich wie jene, wie die Frauen in der Halle. Auch sie sprechen von den an den Nordküsten verbrachten Sommern. Überall klingen sie ähnlich leicht und leer, die Stimmen, die von der außergewöhnlichen Schönheit des Sommerabends reden.

Unter den Leuten, die von der hinter dem Hotel verlaufenden Straße aus das Bild der Halle betrachten, geht ein Mann. Er durchquert den Park und nähert sich einem offenen Fenster.
Sehr kurze Zeit, wenige Sekunden nur, bevor er die Straße überquert, tritt sie, die Frau der Geschichte, in die Halle. Sie ist durch die zum Park führende Tür gekommen.
Als der Mann das Fenster erreicht, ist sie bereits da, wenige Meter von ihm entfernt, bei den anderen Frauen.
Von seinem Standpunkt aus hätte der Mann, selbst wenn er es gewollt hätte, ihr Gesicht nicht sehen können. Denn sie wendet sich zu der auf den Strand führenden Tür.

Sie ist jung. Sie trägt weiße Tennisschuhe. Man sieht ihren langen, geschmeidigen Körper, die in diesem sonnigen Sommer auffallende Weiße ihrer Haut, ihr schwarzes Haar. Ihr Gesicht könnte man nur im Gegenlicht, durch ein aufs

Meer blickendes Fenster sehen. Sie trägt weiße Shorts. Um die Hüften eine lässig geknotete, schwarze Seidenschärpe. Im Haar ein dunkelblaues Band, das auf ein Blau der nicht sichtbaren Augen hindeuten müßte.

Plötzlich ruft jemand im Hotel. Wer, weiß man nicht.
Jemand ruft einen Namen von ungewöhnlichem, verwirrendem Klang, der aus einem klagenden, durch ein orientalisches a verlängerten Vokal und seinem Beben zwischen den gläsernen Wänden unkenntlicher Konsonanten, eines t beispielsweise oder eines l besteht.
Die rufende Stimme ist so klar und so hell, daß die Leute zu reden aufhören und wie auf eine Erklärung warten, die nicht kommt.

Kurz nach dem Ruf ist durch die Tür, zu der die Frau blickt, die Tür zu den oberen Etagen des Hotels, ein junger Ausländer in die Halle getreten. Ein junger Ausländer mit blauen Augen, schwarzem Haar.
Der junge Ausländer geht auf die junge Frau zu.

Wie sie ist er jung. Er ist groß wie sie, wie sie ist er weiß gekleidct. Er bleibt stehen. Sie war es, die er verloren hatte. Das gespiegelte Licht der Terrasse bewirkt, daß seine Augen beängstigend blau erscheinen. Als er sich der jungen Frau nähert, gewahrt man, daß er voller Freude ist, sie wiedergefunden zu haben, und voller Verzweiflung, sie wieder verlieren zu müssen. Er hat die weiße Gesichtsfarbe der Liebenden. Schwarzes Haar. Er weint.

Man weiß nicht, wer dieses Wort gerufen hat, das man nicht kannte oder doch nur insoweit, als man glaubte, gehört zu haben, daß es aus dem Dunkel des Hotels, der Gänge, der Zimmer kam.

Seit dem Erscheinen des jungen Mannes ist der Mann im Park, ohne sich dessen gewahr zu werden, immer näher zum Fenster der Halle gegangen. Seine Hände umfassen das Fenstersims, sie sind wie leblos, wie aufgelöst durch die Anstrengung des Schauens, die Erregung des Sehens.

Mit einer Geste weist die junge Frau den jungen

Ausländer auf den Strand hin, sie fordert ihn auf, ihr zu folgen, sie nimmt seine Hand, er leistet kaum Widerstand, beide wenden sich vom Fenster der Halle ab und entfernen sich in der Richtung, in die sie gewiesen hat, nach Westen.
Sie gehen durch die zum Meer führende Tür.

Der Mann bleibt hinter dem offenen Fenster stehen. Er wartet. Er bleibt lange dort, bis die Leute sich verlaufen, bis zum Eintritt der Dunkelheit.
Sodann verläßt er den Park, nimmt den Weg über den Strand, er schwankt wie ein Betrunkener, er schreit, er weint wie die verzweifelten Menschen in den traurigen Filmen.

Er ist ein eleganter Mann, mager und groß. Im Unglück, das er augenblicklich erlebt, bleibt sein Blick in der Einfalt der Tränen und der allzu besonderen Aufmachung allzu teurer, allzu schöner Kleidung verschwommen.

Die Anwesenheit dieses einsamen Mannes im Dämmerlicht des Parks hat die Landschaft plötzlich dunkel und die Stimmen der Frauen in der Halle schwächer werden lassen bis zum völligen Verlöschen.

Spät in der diesem Abend folgenden Nacht, nachdem die Schönheit des Tages gewaltsam wie durch einen Schicksalsschlag verschwand, begegnen sie einander.
Als er in das Café am Meer tritt, ist sie bereits dort, in Gesellschaft.
Er erkennt sie nicht wieder. Er könnte sie nur wiedererkennen, wenn sie in Begleitung des jungen Ausländers mit den blauen Augen, dem schwarzen Haar in das Café gekommen wäre. Dessen Abwesenheit bewirkt, daß sie ihm unbekannt bleibt.

Er setzt sich an einen Tisch. In noch höherem Maße als er hat sie ihn nie zuvor gesehen.
Sie betrachtet ihn. Es läßt sich nicht vermeiden, dies zu tun. Er ist allein und schön und vom Alleinsein erschöpft, so allein und schön wie jeder Beliebige im Augenblick des Todes. Er weint.

Für sie ist er ebenso unbekannt, als wäre er nicht geboren.
Sie verläßt die Leute, mit denen sie zusammen ist. Sie geht zum Tisch desjenigen, der gerade eintrat und der weint. Sie setzt sich ihm gegenüber. Sie betrachtet ihn.
Er sieht nichts von ihr. Weder daß ihre Hände leblos auf dem Tisch liegen. Noch ihr verzerrtes Lächeln. Noch daß sie zittert. Daß ihr kalt ist.

Sie hat ihn in den Straßen der Stadt noch nie gesehen. Sie fragt ihn, was er hat. Er sagt, er hat nichts. Nichts. Sie solle sich nicht beunruhigen. Die Sanftheit der Stimme, die jäh die Seele zerreißt und glauben machen könnte, daß.
Er kann es nicht verhindern, daß er weint.
Sie sagt zu ihm: Ich möchte gern verhindern, daß Sie weinen. Sie weint. Er will wirklich nichts. Er hört sie nicht.
Sie fragt ihn, ob er sterben möchte, ob es das ist, was er hat, den Wunsch zu sterben, sie könnte ihm vielleicht helfen. Sie möchte, daß er weiter spricht. Er sagt nein, nichts, sie solle ihn nicht

beachten. Sie kann nicht anders, sie spricht auf ihn ein.
– Sie sind hier, um nicht nach Hause zurückzukehren.
– Das stimmt.
– Zu Hause sind Sie allein.
Allein, ja. Er weiß nicht, was er sagen soll. Er fragt sie, wo sie wohne. Sie wohnt in einem Hotel in einer der Straßen, die zum Strand führen.
Er versteht nicht. Er hat nicht verstanden. Er hört auf zu weinen. Er sagt, er werde von einem großen Kummer gequält, weil er die Spur von jemandem verloren habe, den er hätte wiedersehen wollen. Er setzt hinzu, daß er dazu neigt, häufig wegen dieser Art Dinge, diesen tödlichen Schmerzen zu leiden. Er sagt zu ihr: Bleiben Sie bei mir.

Sie bleibt. Das Schweigen macht ihn, wie es scheint, ein wenig verlegen. Er fragt sie, er glaubt sich zu reden verpflichtet, ob sie Opern liebe. Sie sagt, sie liebe Opern nicht sonderlich, aber die Callas, ja, sehr. Sie spricht so langsam, als hätte sie das Gedächtnis verloren. Sie sagt, sie vergesse ganz, da gebe es ja auch noch Verdi und dann auch noch Monteverdi. Haben Sie bemerkt, daß man diese liebt, wenn man Opern nicht sonderlich liebt – sie setzt hinzu –, wenn man nichts mehr liebt.

Er hat verstanden. Er weint aufs neue. Seine Lippen beben. Die Namen Verdi und Monteverdi bringen beide zum Weinen.

Sie sagt, daß auch sie in den Cafés sitzt, wenn die Abende so lang und so warm sind. Wenn die ganze Stadt draußen ist, kann man nicht im Zimmer bleiben. Weil auch sie allein ist? Ja.

Er weint. Es nimmt kein Ende. So ist das, weinen. Er redet über nichts mehr. Keiner von beiden redet mehr.

Bis das Café geschlossen wird, bleiben sie dort.

Er sitzt mit dem Gesicht zum Meer und sie an der Tischseite gegenüber, vor ihm. Während zwei Stunden blickt sie ihn an, ohne ihn zu sehen. Von Zeit zu Zeit erinnern sie sich, sie lächeln einander unter Tränen zu. Dann vergessen sie wieder.

Er fragt sie, ob sie eine Prostituierte sei. Sie wundert sich nicht, lacht auch nicht. Sie sagt:
– Gewissermaßen, aber ich lasse mich nicht bezahlen.
Er vermutete auch, daß sie zum Personal des Cafés gehöre. Nein.
Sie spielt mit einem Schlüssel, um ihn nicht anzusehen.
Sie sagt: Ich bin Schauspielerin, Sie kennen mich. Er entschuldigt sich nicht wegen seiner Unkenntnis, er sagt nichts. Er ist ein Mann, der an nichts von dem, was man ihm sagt, mehr glaubt. Er muß denken, daß sie ihn aushorcht.

Das Café hatte geschlossen. Sie hatten im Freien gestanden. Er hatte den Himmel dicht über dem Meer betrachtet. Am Horizont waren noch Spuren des Sonnenuntergangs zurückgeblieben. Er hatte vom Sommer, von diesem ungewöhnlich milden Abend gesprochen. Sie hatte nicht so ausgesehen, als wüßte sie, wovon die Rede war. Sie hatte zu ihm gesagt: Die schließen, weil wir weinen.

Sie führt ihn in eine mehr landeinwärts, an einer Nationalstraße gelegene Bar. Und dort bleiben sie, bis es Tag geworden ist. Dort sagt er ihr, daß er sich in einem schwierigen Zustand befindet. Sie sagt: In Ihrer letzten Stunde. Sie lächelt nicht. Er sagt ja, es sei so, er habe es geglaubt, glaube es immer noch. Er lächelt gequält. Er sagt ihr weiter, daß er in der Stadt jemanden gesucht habe, den er wiedersehen wollte, daß er aus diesem Grund geweint habe, jemanden, den er nicht kennt, den er erst heute abend zufällig gesehen habe und der jener war, den er seit jeher erwartete, und den er, koste es, was es wolle, selbst um den Preis seines Lebens wiedersehen wolle. Daß er einmal so geartet sei.

Sie sagt: Was für ein Zusammentreffen. Sie fügt hinzu:

– Darum habe ich Sie angesprochen, will mir scheinen, wegen dieser Verzweiflung.

Sie lächelt, verlegen, weil sie sich dieses Worts bedient hat. Er versteht nicht. Und zum ersten Mal blickt er sie an. Er sagt: Sie weinen.

Er blickt sie genauer an. Er sagt:

– Sie haben eine so weiße Haut, man könnte meinen, Sie wären gerade erst an den Strand gekommen.
Sie sagt, das liege an ihrer Haut, die in der Sonne nicht braun wird, es gebe so etwas – sie ist dabei, etwas anderes zu sagen, was sie nicht sagt.
Er blickt sehr aufmerksam auf sie, vergißt sogar, sie anzuschauen, um sich besser zu erinnern. Er sagt:
– Sonderbar, mir ist, als wäre ich Ihnen schon begegnet.
Sie überlegt, sieht ihn ihrerseits an, fragt sich, wo und wann dies hätte sein können. Sie sagt:
– Nein. Vor heute nacht habe ich Sie nie gesehen.
Er kommt auf die weiße Haut zurück, und zwar in solcher Weise, daß die weiße Haut ein Vorwand sein könnte, nach dem Grund der Tränen zu forschen. Doch nein. Er sagt:
– Das ist immer ein wenig… das erschreckt immer ein wenig, derart blaue Augen wie Ihre Augen… aber vielleicht deshalb, weil Ihr Haar so schwarz ist…

Sie muß daran gewöhnt sein, daß man von ihren Augen spricht. Sie antwortet:
– Schwarzes Haar und blondes Haar bewirken ein unterschiedliches Blau der Augen, so als ob sie, die Augenfarbe, vom Haar herrührte. Schwarzes Haar verleiht den Augen ein Indigoblau, ein allerdings auch ein wenig tragisches Blau, während blondes Haar den Augen ein gelberes, graueres, Blau verleiht, das nicht angst macht.
Sie sagt zweifellos das, was sie einen Augenblick zuvor zu sagen vermieden hat:
– Ich bin jemandem begegnet, der diese Art von Blau in den Augen hatte, man gewahrte nicht das Zentrum des Blicks, seinen Ausgangspunkt, es war so, als blickte das gesamte Blau.
Er sieht sie plötzlich. Er sieht, daß sie ihre eigenen Augen beschreibt.
Sie weint, es hat sie unerwartet überfallen, ein übermäßiges, so drängendes Schluchzen, daß sie nicht die Kraft hat, es auszuweinen.
Sie sagt:
– Entschuldigen Sie, es ist, als hätte ich ein

Verbrechen begangen, am liebsten möchte ich sterben.
Er hat Angst, daß auch sie ihn verläßt, daß sie aus der Stadt verschwindet. Doch nein, sie weint vor ihm, ihre unverhüllten Augen schwimmen in Tränen. Augen, durch die sie nackt erscheint.
Er nimmt ihre Hände, legt sie an sein Gesicht.
Er fragt sie, ob es die blauen Augen sind, die sie weinen machen.
Sie sagt, daß es so ist, ja, es trifft sich, daß es so ist, daß man es so sagen kann.
Sie läßt ihn mit den Händen gewähren.
Er fragt sie, wann es war.
Heute.
Er küßt ihre Hände, wie er ihr Gesicht, ihren Mund küssen würde.
Er sagt, sie habe den leichten, zarten Duft des Rauchs.
Sie überläßt ihm ihren Mund zum Küssen.
Sie sagt ihm, daß er ihn küsse, ihn, den Unbekannten, sie sagt: Sie küssen seinen nackten Körper, seinen Mund, seine ganze Haut, seine Augen.

Sie weinen bis zum Morgen dem tödlichen Leid der Sommernacht nach.

Im Saal würde es dunkel, das Stück begänne.

Das Bühnenbild, würde der Schauspieler sagen, wäre eine Art mit bequemen, sehr luxuriösen, dunklen englischen Mahagonimöbeln streng möblierter Empfangsraum. Da wären Stühle, Tische, einige Sessel. Auf den Tischen Lampen, mehrere Exemplare desselben Buchs, Aschenbecher, Zigaretten, Gläser, Wasserkaraffen. Auf jedem Tisch stände ein aus zwei oder drei Rosen gebildeter Strauß. Es wäre wie ein verlassener, gegenwärtig jedoch düsterer Ort.

Allmählich würde sich ein Geruch entfalten, er wäre ursprünglich der hier beschriebene gewesen, der Duft von Weihrauch und Rose und wäre jetzt zum geruchlosen

Geruch von Sandstaub geworden. Es würde angenommen, daß seit der Entstehung des Geruchs viel Zeit verstrichen ist.

Die Schilderung des Bühnenbilds, des sexuellen Geruchs, die der Möbel, des dunklen Mahagoniholzes müßte von den Schauspielern im gleichen Tonfall wie die Erzählung der Geschichte gelesen werden. Selbst dann, wenn gelegentlich der verschiedenen Theater, in denen das Stück aufgeführt würde, die Einzelheiten des Bühnenbilds nicht mit der hier über sie gemachten Aussage übereinstimmten, bliebe die Aussage unverändert. In solchem Fall wäre es Aufgabe der Schauspieler zu bewirken, daß der Geruch, die Kostüme, die Farben sich dem Geschriebenen, der Valeur der Worte, ihrer Form beugen.

Es würde sich immer um diesen düsteren Ort, um den Sandstaub, das dunkle Mahagoniholz handeln.

Sie würde schlafen, sagt der Schauspieler. Sie sähe aus, als täte sie es, als schliefe sie. Sie ist mitten im leeren Zimmer, auf den auf dem Boden ausgebreiteten weißen Laken.
Er sitzt neben ihr. Von Zeit zu Zeit betrachtet er sie.
Es sind auch keine Stühle in diesem Zimmer. Er hat die Laken herbeischaffen und sodann, einen nach dem anderen, Tür um Tür, die anderen Räume des Hauses abschließen müssen. Dieses Zimmer blickt auf das Meer und den Strand. Ein Garten ist nicht vorhanden.
Den gelbes Licht spendenden Kronleuchter hat er dagelassen.
Der Grund dessen, was er mit den Laken, den Türen, dem Licht angestellt hat, wird ihm nicht so recht deutlich sein.
Sie schläft.
Er kennt sie nicht. Er betrachtet den Schlaf, die geöffneten Hände, das noch fremde Gesicht, die Brüste, die Schönheit, die geschlossenen Augen. Wenn er die Türen zu den anderen Zimmern offengelassen hätte, hätte sie sich die gewiß angesehen. Das hat er sich wohl gesagt.

Er betrachtet die ruhenden Beine, die glatt sind wie die Arme, die Brüste. Die Atemzüge sind ähnlich klar, lang. Und unter der Haut ihrer Schläfen pulst der Blutstrom, vom Schlaf verlangsamt.
Bis auf das Mittellicht von gelber Farbe, das vom Kronleuchter fällt, ist das Zimmer dunkel, es schließt sich gleichsam rund, ohne jeglichen Spalt um den Körper.

Sie ist eine Frau.
Sie schläft. Sie sieht aus, als schliefe sie. Man weiß es nicht. Als wäre sie gänzlich in den Schlaf eingegangen, mit den Augen, den Händen, dem Geist. Der Körper liegt nicht ganz gerade, er neigt sich ein wenig zur Seite, zum Mann hin. Die Formen sind schmiegsam, ihre Verbindungen sind unsichtbar. Worte kommen in den Sinn, die von der Zerschlagung der Formen unter der deckenden Haut.
Der Mund steht leicht offen, die Lippen sind nackt, vom Wind aufgesprungen, sie ist sicherlich zu Fuß gegangen, als sie hierherkam, und es wird schon kalt.

Daß dieser Körper schläft, bedeutet nicht, daß er ohne jedes Leben sei. Das Gegenteil trifft zu. Und in einem solchen Maße, daß er es noch im Schlafe weiß, wenn jemand ihn betrachtet. Es genügt, daß der Mann in die Lichtzone eindringt, damit den Körper eine jähe Bewegung durchfährt, die Augen sich öffnen und unruhig beobachten, ehe sie ihn wiedererkennen.

Auf der Nationalstraße, bei Tagesanbruch, als das zweite Café schloß, hatte er ihr gesagt, daß er eine junge Frau suche, die eine Zeitlang bei ihm schlafen würde, daß er Angst habe, wahnsinnig zu werden. Daß er diese Frau bezahlen wolle, es war seine Meinung, man müsse die Frauen bezahlen, damit sie die Männer davor bewahren, zu sterben, wahnsinnig zu werden. Vor Müdigkeit völlig erschöpft, hatte er wieder geweint. Der Sommer machte ihm angst. Die Einsamkeit im Sommer, wenn die Seebäder voller Paare, Frauen und Kinder waren, wenn sie überall verhöhnt wurden, in den Varietés, den Kasinos, den Straßen.

Im furchtbaren Licht des Tages sieht sie ihn zum ersten Mal.
Er ist elegant. Im Unglück, das er zur Zeit erlebt, bleibt die Aufmachung der allzu teuren, allzu schönen Sommerkleidung unverändert, die Länge des Körpers, der in der Einfalt der Tränen verschwommene Blick, der die Kleidung vergessen macht. Seine Hände, seine Haut sind sehr weiß. Er ist mager, groß. Wie sie muß er bereits sehr früh in dem in den Schulen betriebenen Sport bewandert gewesen sein. Er weint. Um seine Augen Spuren von blauem Khol.
Sie sagt ihm, eine bezahlte Frau zu haben, käme auf das gleiche hinaus, wie niemanden zu haben. Er sagt, daß er sicher ist, sie auf solche Weise haben zu wollen, ohne Liebe zu ihm, nichts als den Körper.

Er hatte nicht gewollt, daß sie sofort käme. Nach drei Tagen, hatte er gesagt, wenn alles geordnet ist.
Er hatte sie mit Vorsicht empfangen, mit einer gewissen Kälte, seine Hände waren im Sommer

eiskalt. Er zitterte. Er war weiß gekleidet wie der junge Ausländer mit den blauen Augen, dem schwarzen Haar.

Er hatte gewünscht, weder ihren Namen noch ihren Vornamen zu erfahren. Er hatte nichts gesagt, und sie hatte um nichts gefragt. Er hatte ihr die Adresse gegeben. Sie kannte den Ort, das Haus, sie kannte die Stadt gut.

Die Erinnerung ist verworren, mühsam. Es war ein demütigendes Ansinnen. Auf dem er dennoch bestehen mußte, es könnte ja sein, daß sie sich sonst einnisten würde. Er entsinnt sich ihrer im Café, dieser anderen Frau, der körperlichen Zartheit der Stimme, des Tränenstroms auf dem weißen Gesicht. Der Augen, blau um sich darin zu vergessen. Der Hände.

Sie schläft. Neben ihr auf dem Boden liegt ein quadratisches Stück schwarzer Seide. Er möchte sie fragen, wozu es dienen kann, verzichtet dann darauf, er sagt sich, daß es im allgemeinen dazu bestimmt sein muß, nachts die

Augen vor Licht zu schützen und hier vor dem gelben, vom Kronleuchter fallenden, von den weißen Laken zurückgeworfenen Licht.
Sie hat ihre Sachen an die Wand gelegt. Es sind weiße Tennisschuhe, Kleidungsstücke aus ebenfalls weißer Baumwolle, ein dunkelblaues Stirnband.

Sie erwacht. Sie begreift nicht sogleich, was vorgeht. Er sitzt auf dem Boden, leicht über ihr Gesicht gebeugt, betrachtet er sie. Sie macht eine Abwehrbewegung, doch eine nur geringfügige, als wollte sie sich die Augen mit dem Arm bedecken. Er sieht es. Er sagt: Ich betrachte Sie, nichts sonst, haben Sie keine Angst.
Sie sagt, es sei Überraschung, keine Angst.
Sie lächeln einander zu. Er sagt: Ich bin noch nicht an Sie gewöhnt. Er ist geschminkt. Er ist schwarz gekleidet.

In den Augen sind, mit dem Lächeln vermischt, die verzweifelte Traurigkeit, die Tränen des Sommerabends.
Sie stellt keine Frage. Er sagt:
– Ich kann Ihren Körper nicht berühren. An-

deres kann ich Ihnen nicht sagen, ich kann nicht, es ist stärker als ich, als mein Wille.

Sie sagt, daß sie dies, als sie ihn in jenem Café am Meer sah, sofort gewußt habe.

Sie sagt, daß sie sich nach dem Mann mit den blauen Augen sehnt, von dem sie ihm in jenem Café erzählt hat, einzig in der Sehnsucht nach ihm befangen ist, daß es nichts ausmacht, im Gegenteil.

Er sagt, er will versuchen, den Körper mit den Händen anzufassen, aufs Geratewohl, vielleicht ohne hinzusehen, da der Blick hier nichts zu suchen habe. Er tut es, legt blindlings seine Hände auf den Körper, er umfaßt die Brüste, die Hüften in ihrer Frische der bloßen Haut, er bringt das Ganze mit einer heftigen Bewegung zum Schwanken, und mit einer Art Stoß, flachem Schlag wirft er es um, mit dem Gesicht zum Boden. Er hält inne, von der eigenen Rohheit überrascht. Er zieht seine Hände zurück. Er rührt sich nicht mehr. Er sagt: Es ist nicht möglich.

Auch sie verharrt so, wie sie hingestürzt ist,

mit dem Gesicht zum Boden. Als sie sich wieder aufrichtet, ist er immer noch da, starr, über ihr. Er weint nicht. Er begreift nicht. Sie schauen einander an.

Sie fragt:

– Noch nie ist Ihnen das vorgekommen?

– Nie.

Sie fragt ihn nicht, ob er weiß, woher diese Schwierigkeit in seinem Leben rührt.

– Nie mit einer Frau, wollen Sie sagen.

– Ja. Nie.

Die Sanftheit der Stimme ist endgültig.

Sie wiederholt, sie lächelt.

– Nie ein Begehren nach mir.

– Nie. Ausgenommen – er zögert – in dem Café, als Sie von jenem Mann sprachen, den Sie liebten, von seinen Augen, nur in dem Augenblick, als Sie es sagten, habe ich Sie begehrt.

Sie breitet die schwarze Seide über ihrem Gesicht aus. Sie zittert. Er sagt, er bitte um Entschuldigung. Sie sagt, daß es nichts auf sich habe, daß es jenes Wort, hier in diesem Zimmer ausgesprochene Wort sei. Sie sagt außerdem, daß die Liebe ebensogut auf diese Weise entste-

hen könne, wenn man von einem Unbekannten sagen höre, wie seine Augen waren. Sie sagt:
– Sonst nie? Nicht einmal für die Zeit eines Zweifelns?
– Nie.
– Wie können Sie dessen derart gewiß sein?
– Warum wünschen Sie derart, ich möchte dessen nicht gewiß sein?
Sie betrachtet ihn, wie sie in seiner Abwesenheit sein Bild betrachten würde. Sie sagt:
– Weil man nicht anders kann.

Sie betrachtet ihn weiterhin mit der gleichen Starre. Sie sagt:
– Man kann es nicht begreifen.

Sie fragt ihn, warum er anderswo sucht als dort, wo er ist, zumal er sicher ist, bis zu seinem Tod so zu bleiben. Er weiß nicht so recht warum. Er sucht eben.
– Vielleicht um eine Geschichte zu haben. Man kann nicht anders, auch was das angeht. Sogar für nichts und wider nichts sucht man.
– Es ist wahr, man vergißt das immer. Eine Geschichte wie: eine Geschichte schreiben. Mit

dem zentralen Unterschied, der das Buch ausmacht.

Es dauert lange, bis sie wieder spricht. Lange ist sie anderswo, allein. Ohne ihn, er weiß es. Sie wiederholt:
– Sie haben also nie Verlangen nach einer Frau empfunden.
– Nie. Aber manchmal begreife ich, daß man es empfinden kann – er lächelt –, daß man sich täuschen kann.

Eine Erregung entsteht. Sie weiß wohl nicht recht, was es ist, ob es eine Angst ist, die zurückkehrt und diesmal stärker ist als sie, oder ob es der Ausdruck einer Erwartung ist, von der sie nicht ahnte, daß sie bestand. Sie blickt sich im Zimmer um, sie sagt:
– Sonderbar, es ist, als wäre ich irgendwo angekommen. Als hätte ich das hier seit langem erwartet.

Er fragt sie, warum sie eingewilligt hat, ins Zimmer zu kommen. Sie sagt, alle Frauen hätten, ohne zu wissen warum, in diese vollzugslose, verzweifelte Vereinigung eingewilligt. Sie

sei wie alle diese Frauen, sie wisse nicht warum.
Sie fragt: Ob er etwas begreife?
Er sagt, daß er nie von einer Frau geträumt hat, nie an eine Frau wie an einen Gegenstand gedacht hat, den man lieben könnte.
Sie sagt:
– Das ist eine schreckliche Sache. Bevor ich Sie kennenlernte, hätte ich nie so etwas geglaubt.
Er fragt, ob es ebenso schrecklich sei wie nicht an Gott zu glauben.
Sie glaubt ja. Es ist die Tatsache des ewig sich selbst gegenwärtigen Mannes, die entsetzt. Aber am besten, am bequemsten wird man dort die Verzweiflung erleben können, bei diesen Männern ohne Nachkommenschaft, die nicht wissen, daß sie verzweifelt sind.
Er fragt sie, ob sie das Haus verlassen will. Sie lächelt ihm zu, sagt nein, ihre Kurse an der Universität haben noch nicht begonnen, sie hat noch Zeit dazubleiben. Danke vielmals, sagt sie, jedoch nein. Und außerdem ist da das Geld, ich bin nicht unempfänglich dafür.

Sie kommt, sie nimmt die Laken, sie trägt sie in

den dunklen Teil des Zimmers. Sie wickelt sich völlig in sie ein und legt sich dort an der Wand auf den Boden. Immer noch matt vor Müdigkeit.
Er beobachtet aufmerksam, wie sie die gleichen Bewegungen macht, den gleichen Irrtum begeht. Er läßt sie sich irren. Sodann, später, wenn sie eingeschlafen ist, sagt er es ihr.
Er geht zu ihr, wickelt die Tücher auf, findet sie im Innern, warm vom Schlaf. Erst dann sagt er ihr, daß sie ins Licht mitten im Zimmer kommen müsse. Vielleicht glaubt sie, er wolle, daß sie sich zunächst irrt. Um sie sodann wieder auf das hinzuweisen, was sie zu tun hat.
Sie wacht auf. Sie blickt ihn an. Sie fragt: Wer sind Sie? Er sagt: Erinnern Sie sich.
Sie erinnert sich. Sie sagt: Sie sind derjenige, der sterben wollte im Café am Meer. Er sagt ihr ein weiteres Mal, daß sie ins Licht gehen müsse, daß dies vertraglich vereinbart sei. Sie ist verblüfft. Sie dagegen, sie glaubte, es sei besser für ihn, sie nur da zu wissen, ohne daß er sie anschauen muß. Er antwortet nicht. Sie tut es, sie geht ins Licht.

Mehrere Male hintereinander legt sie sich trotzdem an der Wand, in die Laken eingehüllt, schlafen. Und jedesmal holt er sie mitten ins Licht zurück. Sie läßt ihn sie zurückholen. Sie tut, was er sagt, sie tritt aus den Laken und legt sich unter den Lüster.

Nie wird er erfahren, ob sie wirklich vergißt oder ob dies ein Widerstand ist, den sie ihm entgegensetzt, eine Grenze, die sie seinem Tun setzt im Hinblick auf die künftigen Tage, von denen sie noch nicht wissen, wie sie sein werden.

Es geschieht oft, daß sie verwirrt, verunsichert aufwacht. Was sie jedesmal fragt, ist, was ist das für ein Haus? Er antwortet nicht auf die Frage. Er sagt, es sei Nacht, vorwinterlich, es sei noch Herbst.
Sie fragt: Was ist das, was man da hört?
Er sagt: Das Meer, da, hinter der Zimmerwand. Und ich bin derjenige, den Sie im Sommer eines Abends im Café am Meer gefunden

haben. Und auch der, der das Geld gegeben hat.
Sie weiß das, aber sie kann sich nur schlecht erinnern, warum sie hier ist.
Sie schaut ihn an, sie sagt: Sie sind der, der verzweifelt war. Finden Sie nicht, daß man sich nur schlecht erinnert? Er findet plötzlich auch, daß man sich schlecht erinnert, daß man sich kaum, wenn überhaupt erinnert. Verzweifelt, warum eigentlich? Sie überraschen sich plötzlich dabei, wie sie einer den anderen ansehen. Und einander plötzlich sehen. Sie sehen einander bis zum Stillstand des Worts auf der Seite, bis zu diesem Blick in die Augen, die fliehen und sich schließen.

Sie möchte hören, wie er den verlorenen Geliebten geliebt hat. Er sagt: Über die Kräfte, mehr als das Leben. Sie will es nochmals hören. Er sagt es nochmals.
Sie bedeckt ihr Gesicht mit der schwarzen Seide, er streckt sich neben sie hin. Ihre Körper berühren sich an keiner Stelle. Ihre Bewegungslosigkeit ist ihnen gemeinsam. Sie wiederholt in

seinem Tonfall: Über die Kräfte, mehr als das Leben.

Es geschieht unerwartet, im gleichen Tonfall, mit der gleichen Langsamkeit. Er sagt:
– Er hat mich angesehen. Er hat meine Anwesenheit hinter dem Fenster der Halle bemerkt und hat mich mehrmals angesehen.
Sie sitzt im gelben Licht. Die Augen auf ihn gerichtet, hört sie zu. Sie weiß nicht, wovon er redet, weiß es ganz und gar nicht. Er fährt fort:
– Er ist auf eine Frau zugegangen, diese Frau hat ihm mit der Hand bedeutet, ihr zu folgen. Da habe ich gesehen, daß er die Halle nicht verlassen wollte. Sie hat ihn beim Arm genommen und weggeführt. Ein Mann hätte das niemals getan.
Die Stimme klingt anders. Ihre Langsamkeit ist verschwunden. Es ist nicht mehr der gleiche Mann, der spricht. Er schreit, er sagt ihr, er dulde es nicht, daß sie ihn so anblickt, wie sie es macht. Sie blickt ihn nicht mehr an. Er schreit, er will nicht, daß sie sich hinlegt, er will, daß sie

stehen bleibt. Sie wird erst gehen, wenn sie die Geschichte gehört hat. Er fährt in der Geschichte fort.
Er hat das Gesicht der Frau nicht gesehen, zu der jener gegangen war, sie stand dem jungen Ausländer zugewandt, sie wußte überhaupt nicht, daß einer da war, der sie beide betrachtete. Sie trug ein helles Kleid, ja richtig, ein weißes.
Er fragt sie, ob sie ihm auch zuhört. Sie hört ihm zu, er kann unbesorgt sein.
Er fährt in der Geschichte fort:
– Sie hat ihn deshalb gerufen, weil er mich mit solcher Eindringlichkeit ansah. Sie hat schreien müssen, um zu erreichen, daß er sich von mir abwandte. Plötzlich waren wir getrennt. Alle beide sind durch die zum Strand führende Tür der Halle verschwunden.
Er unterdrückt ein Weinen. Er weint.
Er sagt:
– Ich bin zum Strand gegangen, um ihn zu suchen, ich wußte nicht mehr, was ich tat. Dann bin ich in den Park zurückgekehrt. Bis es dunkel wurde, habe ich gewartet. Ich bin gegangen,

als in der Halle das Licht ausging. Ich bin in jenes Café am Meer gegangen. Im allgemeinen sind unsere Geschichten kurz, so etwas habe ich nie zuvor erlebt. Das Bild ist da – er zeigt auf seinen Kopf, sein Herz –, unverrückbar. Ich habe mich mit Ihnen in diesem Haus eingeschlossen, um ihn nicht zu vergessen. Jetzt wissen Sie die Wahrheit.

Sie sagt: Das ist schrecklich, was für eine Geschichte.

Er spricht von seiner Schönheit. Wenn er die Augen schließt, vermag er noch das Bild in seiner Vollkommenheit zu sehen. Er sieht das rote Licht des Sonnenuntergangs und seine erschreckenden, weil in diesem Licht blau erscheinenden Augen. Er sieht die weiße Gesichtsfarbe der Liebenden. Das schwarze Haar.

Jemand hatte in einem bestimmten Augenblick gerufen, aber in diesem Augenblick, in dem des Ausrufs, hatte er ihn noch nicht gewahrt. Er weiß also nicht, ob er es war, der gerufen hatte.

Er ist nicht einmal sicher, daß es ein Mann war, der gerufen hatte. Er war damit beschäftigt, die in der Halle versammelten Leute zu beobachten. Und plötzlich hatte es da diesen Ausruf gegeben. Nein, wenn er es sich überlegte, kam der Ausruf nicht aus der Halle, sondern aus viel weiterer Ferne, er war mit Nachklängen aller Arten befrachtet, mit Vergangenheit, mit Verlangen. Es mußte ein Ausländer gewesen sein, der gerufen hatte, ein Junger, der sich amüsieren oder Angst einjagen wollte. Daraufhin hatte die Frau ihn weggeführt. Er hatte die Stadt und den Strand abgesucht, er hatte ihn nicht wiedergefunden, ganz so, als hätte ihn diese Frau weit fort geführt.

Sie fragt ihn noch: Warum das Geld?
Er sagt: Um dafür zu zahlen. Um über Ihre Zeit nach meinem Belieben zu verfügen. Um Sie wegzuschicken, wann ich es will. Und von vornherein zu wissen, daß Sie gehorchen werden. Um meine Geschichten zu hören, die ich erfinde und die wahr sind. Sie sagt: Auch um zu schlafen auf dem in Ruhe befindlichen Ge-

schlecht. Sie beendet den Satz des Buches: Und auch um manchmal da zu weinen.

Er fragt, wozu die schwarze Seide diene. Sie sagt:
– Die schwarze Seide ist wie der schwarze Sack, in den man den Kopf der zum Tode Verurteilten steckt.

Das Anhören der Lesung des Buchs, sagt der Schauspieler, müßte immer gleich sein. Sobald zwischen den Pausen die Lesung des Textes begänne, müßten die Schauspieler ihr folgen, nahezu atemlos und unbeweglich, als würde stufenweise, durch die Schlichtheit der Worte hindurch, immer mehr verständlich.
Die Schauspieler würden den Mann der Geschichte ansehen, manchmal würden sie das Publikum ansehen. Manchmal auch würden sie die Frau der Geschichte ansehen, aber dies geschähe nie zufällig.

Diese Nichtbeachtung der Frau der Geschichte durch die Schauspieler müßte bemerkbar werden.
Von den Dingen, die sich zwischen dem Mann und der Frau ereignen, würde nichts gezeigt, nichts dargestellt. Die Lesung des Buchs würde sich folglich als Aufführung der Geschichte anbieten.
Bei der oder jener Stelle der Lesung dürfte keine besondere Erregung angedeutet werden. Noch irgendeine Gebärde. Lediglich die Erregung angesichts der Enthüllung durch das Wort.
Die Männer wären weiß gekleidet. Die Frau wäre nackt. Der Gedanke, ihr wieder die schwarze Kleidung anzulegen, ist aufgegeben worden.

Sie sagt ihm, sie gehöre zu den Leuten, die nachts den Strand abgehen. Er weicht ein wenig zurück, als ob er, was sie ihm mitteilt, in Zweifel ziehe. Und dann sagt er ihr, daß er ihr

glaubt. Er fragt: Abgesehen von den Strandgängen, von jener Liebe, wer ist sie? Abgesehen von den Strandgängen, dem Aufenthalt im Zimmer, wer?
Sie legt die schwarze Seide über das Gesicht. Sie sagt: Ich bin eine Schriftstellerin. Er weiß nicht, ob sie lacht. Er fragt nicht.

In ähnlicher Zerstreutheit schweigen sie und hören sie den anderen sprechen. Sie fragen, ohne auf Antwort zu warten. Sie reden vor sich hin. Er wartet darauf, daß sie spricht. Er liebt ihre Stimme, er sagt es ihr, er hört dem, was geredet wird, nicht immer zu, ihr aber doch, er lauscht ihrer Stimme. Ihre Stimme war es, die bewirkt hat, daß er sie bat, ins Zimmer zu kommen.
Sie sagt, eines Tags werde sie ein Buch schreiben über das Zimmer, sie findet, daß es ein gleichsam versehentlicher, grundsätzlich unbewohnbarer höllischer Ort ist, das Bühnenbild eines geschlossenen Theaters. Er sagt, daß er die Möbel, die Stühle, das Bett, die persönlichen Gegenstände fortgetan hat, weil er miß-

trauisch war, er kannte sie nicht, es hätte ja sein können, daß sie stahl. Er sagt außerdem, daß es nun umgekehrt ist, er habe nun ständig Angst, sie gehe fort, während er schlafe. Solange sie bei ihm in diesem Zimmer eingeschlossen ist, ist er nicht völlig losgetrennt von ihm, dem Geliebten mit den blauen Augen, dem schwarzen Haar. Er glaubt, in dem Zimmer, bei der Theaterbeleuchtung müsse der Beginn dieser Liebe gesucht werden, weit vor ihr, seit den wie Strafen empfundenen Sommern seiner Kindheit. Er spricht sich nicht weiter aus.

Die Stille im Zimmer ist tief, weder von den Straßen, noch von der Stadt, noch vom Meer her kommt ein Geräusch. Die Nacht ist ihrem Ende nahe, überall klar und schwarz, der Mond ist verschwunden. Sie haben Angst. Den Blick am Boden, lauscht er dieser unheimlichen Stille. Er sagt, daß dies die Stunde der ruhenden See ist, daß aber die Wasser der Flut sich schon wieder zusammenschließen, daß das Geschehen seinen Lauf nimmt, daß es sich nun rasch

vollziehen wird und unbemerkt vorübergehen wird zu dieser Stunde der Nacht. Wie traurig es ihn immer macht festzustellen, daß Geschehnisse wie diese nie gesehen worden sind.
Sie betrachtet den Sprechenden mit weitgeöffneten verborgenen Augen. Er sieht sie nicht, er richtet den Blick immer noch zu Boden. Sie sagt ihm, er möge die Augen schließen, sich gewissermaßen blind machen und sich auf sie, ihr Gesicht besinnen.
Er tut es. Er schließt die Augen sehr fest und lange, wie Kinder es tun. Dann hört er damit auf. Ein weiteres Mal sagt er:
– Sobald ich die Augen schließe, sehe ich jemand anderen, den ich nicht kenne.
Ihre Augen fliehen einander, wenden sich ab. Sie sagt: Ich bin hier vor Ihnen, und Sie sehen mich nicht, das ist beängstigend. Er redet schnell, um die Angst abzudichten. Er sagt, daß es auch mit dieser Stunde der Nacht, mit dieser Veränderung der See zu tun haben muß, daß nun sogar die Strandgänge aufhören und sie die einzigen Lebewesen auf dieser Seite der Stadt sein werden. Sie sagt nein, das sei es nicht.

Es dauert wiederum lange, bis sie von neuem sprechen. Sie ist ihm vor Augen. Ihr Gesicht ist unverhüllt, ohne die schwarze Seide. Er heftet die Augen nicht auf sie. So verharren sie, ohne sich zu bewegen, lange Zeit. Und dann verläßt sie ihn, geht aus dem Lichtkreis, geht die Wand entlang. Er bittet sie, ihm zu erklären, was es mit den Strandgängen auf sich hat, er weiß nichts darüber, er wohnt erst seit kurzem in der Stadt. Sie sagt, es seien dies Leute, die sich verstecken, um einander zu penetrieren und den Orgasmus miteinander zu haben, ohne sich zu kennen oder zu lieben, fast ohne sich zu sehen. Sie kommen aus der Stadt und von mehreren anderen Badeorten. Er fragt, ob Frauen darunter sind. Ja, sagt sie, auch Kinder, Hunde, Verrückte.

Er sagt:
– Dicht über dem Meer geht die Sonne auf.
Eine Sonnenlache ist am unteren Ende der Zimmerwand erschienen, sie kommt von unter der Eingangstür her, sie ist handgroß, sie zittert auf dem Stein der Wand. Die Lache lebt kaum ei-

nige Sekunden. Ihr Verschwinden geschieht plötzlich; mit der ihr eigenen Geschwindigkeit, der Lichtgeschwindigkeit wird sie von der Wand gerissen. Er sagt:
– Die Sonne ist vorübergegangen, ist gekommen und gegangen wie in den Gefängnissen.

Sie legt die schwarze Seide wieder über ihr Gesicht. Er weiß nichts mehr, weder vom Gesicht, noch vom Blick. Sie weint stoßweise, leicht. Sie sagt: Es ist nichts, es ist die Bewegtheit. Zuerst zweifelt er an dem Wort, er fragt: Die Bewegtheit? Dann sagt er es, um es mit den eigenen Lippen auszusprechen, ohne jegliche Frage, ohne Gegenstand: Die Bewegtheit.

Sie muß sehr viel später vom Schlaf übermannt worden sein. Als die Sonne bereits hoch am Himmel stand, hatte sie immer noch nicht geschlafen. Er war ebenfalls eingeschlafen, und so tief, daß er sie das Zimmer nicht hatte verlassen hören. Sie war nicht mehr da, als er aufwachte.

Er sitzt neben ihr, ohne ihren Körper zu berühren. Im Licht ausgestreckt schlummert sie ein. Er betrachtet die Kraft in der Schmalheit, die Gelenke der Glieder. Sie läßt ihn allein. Sie ist sehr schweigsam. In jedem Augenblick der Nacht ist sie sowohl bereit, im Zimmer zu bleiben, wie, daraus verwiesen, fortzugehen.

Er weckt sie auf. Er fordert sie auf, ihre Kleider wieder anzulegen und unter das Licht zu treten, damit er sie anschauen kann. Sie tut es. Sie zieht sich im Hintergrund des Zimmers an, im Schatten der Wand zum Meer. Dann kehrt sie zurück unter das Licht. Sie bleibt stehen vor ihm, der sie betrachtet.

Sie ist jung. Sie trägt weiße Tennisschuhe. Um die Taille eine lässig geknotete schwarze Schärpe. Im schwarzen Haar ein dunkelblaues Band, vom gleichen unglaublichen Blau wie die blauen Pupillen. Sie trägt weiße Shorts.

Sie ist da, vor ihm, wie er wohl weiß, bereit ihn zu töten, weil er sie in solcher Weise aus dem Schlaf gerissen hat, und ebenso bereit, die ganze Nacht lang so vor ihm stehen zu bleiben. Er weiß nicht, woher sie diese Fähigkeit haben, alles, was geschieht, wie von Gott angeordnet zu ertragen.

Er fragt sie, ob sie immer so angezogen ist wie jetzt. Sie sagt, seit sie ihn kennt, ja.
– Das schien Ihnen zu gefallen, darum habe ich die gleichen Farben gewählt.
Er betrachtet sie lange. Sie sagt: Nein, vor jenem Abend in jenem Café am Meer hat er sie nie gesehen. Sie bedauert es.

Sie kleidet sich aus. Sie streckt sich auf ihrem Platz unter dem Kronleuchter hin. Sie hat einen scheuen Blick, der unbewußt weint, wie der seine. Er findet, daß sie einander gleichen. Er sagt es ihr. Wie er, findet auch sie, daß sie die gleiche Größe, Augen von gleichem Blau und schwarzes Haar haben. Sie lächeln einander zu. Sie sagt: Und im Blick die Traurigkeit einer nächtlichen Landschaft.

Manchmal ist er es, der sich mitten in der Nacht auskleidet. Er schminkt sich die Augen, er tanzt. Er glaubt jedesmal, sie nicht aufgeweckt zu haben. Manchmal legt er ihr blaues Band, ihre schwarze Schärpe um.

Eines Nachts. Sie fragt ihn, ob er es mit der Hand machen könnte, ohne sich ihr deshalb zu nähern, ohne sie auch nur anzusehen.
Er sagt, er kann nicht. Er kann nichts dergleichen machen mit einer Frau. Er kann nicht vorhersagen, welche Wirkung ihre Frage auf ihn hat. Wenn er darauf einginge, würde er sich der Möglichkeit aussetzen, sie nicht mehr, nie mehr wiedersehen zu wollen und vielleicht sogar, ihr weh zu tun. Sie müßte das Zimmer verlassen, ihn vergessen. Sie sagt, daß es umgekehrt ist, daß sie ihn nicht vergessen kann. Daß, weil nichts zwischen ihnen geschieht, die Erinnerung an das, was nicht eintrifft, teuflisch beharrlich ist.

Sie macht es mit der eigenen Hand, vor ihm, der sie betrachtet. Während des Orgasmus ruft sie, so könnte man glauben, eine Art Wort, ein sehr leises, sehr dumpfes, sehr fernes Wort. Eine Art

Namen vielleicht; es ist ohne jeden Sinn. Er erkennt nichts wieder. Er hält sie für die Trägerin einer natürlichen Heimlichkeit, einer unvordenklichen, aus Unschuld, richtungsloser Verfügbarkeit bestehenden Heimlichkeit.

Er sagt:

– Ich wünschte, Sie entschuldigten mich, ich kann mich nicht anders verhalten, es ist, als ob die Begierde erlischt, wenn ich mich Ihnen nähere.

Sie sagt, daß es sich mit ihr dieser Tage auch so verhält.

Er sagt, daß sie kurz zuvor ein Wort gesagt habe, etwas wie ein Fremdwort. Sie sagt, sie habe in der Verlorenheit der Lust jemanden gerufen.

Er lächelt, er sagt ihr:

– Ich kann nicht von Ihnen verlangen, daß Sie mir alles von sich sagen. Selbst mit Geld nicht.

Sie hat die Augenfarbe und Haarfarbe der Geliebten, die er sich wünscht: dieses Blau der Augen, wenn das Haar von diesem Schwarz ist. Und jene weiße Haut, die in der Sonne nicht braun wird. Manchmal sind Sommersprossen da, aber helle, vom Licht entfärbte. Sie hat auch diesen tiefen Schlaf, der ihn von ihrer Anwesenheit erlöst.

Die Form des sich unter der schwarzen Seide abzeichnenden Gesichts ist sehr schön.

Sie bewegt sich. Wieder außerhalb der Laken, streckt sie sich, bleibt sodann gestreckt, und als sie zurücksinkt, bleibt sie so, wie sie zurückgesunken ist, liegen, kraftlos vor jenem Wohlgefühl, das manchmal von einer unendlichen Müdigkeit herrührt.

Er geht zu ihr. Er fragt sie, wovon sie sich ausruht, was das für eine Müdigkeit ist. Ohne zu antworten, ohne ihn auch nur anzusehen, hebt sie die Hand und streichelt sein über sie geneigtes Gesicht, seine Lippen, die Umgebung seiner Lippen, dort wo sie hinküssen würde; das Gesicht widersteht, sie fährt fort zu streicheln, die Zähne beißen aufeinander, das Gesicht weicht zurück. Ihre Hand fällt herab.

Er fragt, ob sie diesen Auftrag, den er ihr erteilt hat, jede Nacht bei ihm anwesend zu sein,

Schlaf nennt. Sie zögert und sagt, ja, vielleicht habe sie die Sache so verstehen müssen, nämlich daß er sie in seiner Nähe zu haben wünschte, aber vom Schlaf verhüllt, das Gesicht von der schwarzen Seide wie von einem anderen Gefühl aufgehoben.

Sie ist vom Licht getrennt, im Schatten. Der schwarz verhängte Lüster erhellt nur die Stelle der Leiber. Der Schatten des Lüsters verändert die Schatten. Das Blau der Augen und das Weiß der Laken, das Blau des Stirnbands und die Blässe der Haut haben sich mit dem Schatten des Zimmers bedeckt, dem des Grüns der Pflanzen am Boden der Meere. Sie ist da, vermischt mit den Farben und dem Schatten, immer niedergedrückt von einem Leid, von dem sie nichts weiß. Seit Geburt so. Mit diesem Blau in den Augen. Dieser Schönheit.

Sie sagt, was sie zur Zeit mit ihm erlebt, komme ihr sehr gelegen. Sie fragt sich, was sie, wenn sie einander nicht in jenem Café begegnet wären, statt dessen getan hätte. Hier in diesem Zim-

mer hat sich ihr wahrer Sommer, ihre Erfahrung vollzogen, die Erfahrung des Abscheus vor ihrem Geschlecht, ihrem Körper und ihrem Leben. Er hört ihr mißtrauisch zu. Sie lächelt ihn an, sie fragt ihn, ob er wünsche, daß sie weiter mit ihm redet. Er sagt, sie habe ihm nichts Neues zu sagen, alles, was sie sagen könne, seien herkömmliche Gedanken. Sie sagt:
– Ich spreche nicht über Sie, ich spreche von mir. Die Verwicklung kommt durch mich. Ihr Abscheu vor mir geht mich nichts an. Er kommt von Gott, man muß ihn hinnehmen, wie er ist, ihn wie die Nacht, das Meer respektieren. Es lohnt sich nicht die Mühe, ihn in Ihre persönliche Sprache zu übersetzen.
Sie betrachtet den im festgeschlossenen Mund, den Augen zurückgehaltenen Zorn. Sie lacht. Sie verstummt. Die Angst kehrt manchmal ins Zimmer ein, in dieser Nacht aber mehr noch, es ist nicht die Todesangst, es ist die Angst, angefallen zu werden wie von einem Tier, zerkratzt, entstellt zu werden.

Der Saal läge im Dunkeln, würde der Schauspieler sagen. Das Stück begänne unablässig. Mit jedem Satz, mit jedem Wort.

Die Schauspieler müßten nicht unbedingt Bühnenschauspieler sein. Sie sollten stets mit vernehmlicher, klarer Stimme aus dem Buch vorlesen, sich mit allen ihren Kräften von jeder Erinnerung daran, es je gelesen zu haben, freihalten, in der Überzeugung, nichts davon zu kennen, und dies jeden Abend.

Die beiden Helden der Geschichte würden die Mitte der Bühne in der Nähe der Rampe besetzen. Ständig würde unbestimmtes Licht herrschen, ausgenommen an jener Stelle, wo sich die Helden befänden und wo das Licht grell und gleichmäßig wäre. Darum herum die weiß gekleideten Gestalten, die umhergehen.

Er kann sie nicht schlafen lassen. Sie ist im Haus, mit ihm in seinem Hause eingeschlossen.

Während sie schläft, kommt ihm manchmal dieser Gedanke.
Sie ist schon daran gewöhnt. Sie sieht, daß er ein Schreien unterdrückt. Sie sagt:
– Wenn Sie wollen, kann ich fortgehen. Später wiederkommen. Oder nie. So lautet mein Vertrag: dableiben oder fortgehen, das eine wie das andere.
Sie erhebt sich, sie faltet die Laken zusammen.
Er weint. Er unterdrückt sein Schluchzen nicht, er weint offen, wie am Ende eines großen Unrechts, das man ihm angetan hätte. Sie geht zur Wand, zu ihm. Sie weinen. Sie sagt:
– Sie wissen nicht, was Sie wollen.
Sie sieht ihn in der zerstörerischen Zusammenhanglosigkeit existieren, die ihn gleich einem Kinde ihr ausliefert. Sie nähert sich ihm ganz so, als teilte sie sein Leid, er erkennt sie plötzlich kaum wieder. Sie sagt:
– Ich begehre Sie sehr heute, es ist das erste Mal.
Sie sagt ihm, er solle kommen. Kommen Sie. Sie sagt, daß es ein Samt ist, ein Taumel, aber auch, man sollte es nicht glauben, eine Wüste, eine

schädliche Sache, die zum Verbrechen und zum Wahnsinn führt. Sie fordert ihn auf, sich das anzusehen, zu sehen, daß es eine ekelhafte, verbrecherische Sache ist, ein trübes Wasser, schmutzig, Blutschleim, daß er es eines Tages ohnehin wird tun müssen, sogar einmal in diesem Gemeinplatz stöbern müssen wird, daß er es nicht sein ganzes Leben lang vermeiden kann. Ob es später oder heute abend geschieht, was macht das schon für einen Unterschied?
Er weint. Sie geht wieder an die Wand.
Sie überläßt ihn sich selbst. Legt sich die schwarze Seide über, betrachtet ihn hindurch.

Er wartet, bis sie eingeschlafen ist. Und dann, und dies tut er oft, geht er in den verschlossenen Teil des Hauses. Er kehrt, einen Spiegel in der Hand, zurück, er tritt ins gelbe Licht, er betrachtet sich. Er schneidet Grimassen. Und dann legt er sich hin, er schläft sofort, den Kopf nach außen gewandt, ganz ohne sich zu bewegen, in der Befürchtung gewiß, sie könne sich ihm wieder nähern. Er hat alles vergessen.

Außer diesem Blick von vor einigen Tagen, man weiß nicht mehr wie vielen, ereignen sich nur das Auf und Ab des Meers, die nächtlichen Strandgänge, das Weinen, sonst nichts.

Sie schlafen, einander abgewandt.
Sie ist es, die gewöhnlich zuerst in Schlaf sinkt. Er sieht zu, wie sie sich entfernt, fortgeht ins Nichtmehrwissen vom Zimmer, von ihm, von der Geschichte. Jeglicher Geschichte.

In jener Nacht ruft sie wieder, mit immer diesem Wort, dem betroffenen, verletzten, das, man weiß nicht was, bedeutet, das vielleicht ein Name ist, der Name von jemandem, von dem sie nicht spricht. Ein Name wie ein Klang, dunkel und zart zugleich, eine Art Klagelaut.
Noch später in jener Nacht, gegen Morgen, als er glaubt, sie sei eingeschlafen, spricht auch er über das, was in der anderen Nacht vorgefallen ist.
Er sagt:
– Ich muß es Ihnen sagen, es ist, als wären Sie verantwortlich für die innere Sache, die in Ih-

nen ist, von der Sie nichts wissen, und die mich entsetzt, weil sie in sich hineinnimmt und verwandelt, ohne jeglichen Anschein, es zu tun.
Sie hat nicht geschlafen.
Sie sagt:
– Es ist wahr, ich bin verantwortlich für diesen Astralzustand meines Geschlechts im lunaren blutenden Rhythmus. Vor Ihnen wie vor dem Meer.
Sie nähern sich einander, berühren sich fast. Sie schlafen wieder ein.

Vor jener Nacht unter den anderen Nächten hatte sie ihn nie gesehen. Sie kann nicht müde werden, ihn zu sehen. Sie sagt zu ihm:
– Ich sehe Sie zum ersten Mal.
Er versteht nicht, er ist sogleich mißtrauisch, und sie, ihr ist es lieber so. Sie sagt ihm, daß er schön ist auf eine Weise, wie nichts sonst im Weltall schön ist, kein Tier, keine Pflanze. Daß er nicht dasein könnte. Nicht in der Kette ihres Lebens erschienen sein könnte. Daß man Lust hat, seine Augen zu küssen, sein Geschlecht,

seine Hände, seine Kindheit zu wiegen, bis man selbst davon entbunden würde. Sie sagt:
– Ins Buch wird geschrieben werden: Das Haar ist schwarz, und die Augen sind von der Traurigkeit einer nächtlichen Landschaft.
Sie betrachtet ihn.
Sie fragt ihn, was mit ihm geschehen ist.
Er versteht die Frage nicht, und das bringt sie zum Lachen. Sie läßt ihn so, in einer leichten Unruhe. Und dann küßt sie ihn, und er weint. Wenn man ihn sehr eindringlich anblickt, weint er. Und sie weint, weil sie dies sieht.

Er entdeckt, daß er nichts von ihr weiß, weder ihren Namen, noch ihre Adresse, noch was sie in dieser Stadt tut, wo sie ihn gefunden hat. Sie sagt: jetzt ist es zu spät, das zu erfahren, zu wissen oder nicht zu wissen wäre gleich. Sie sagt:
– Ich bin nun wie Sie, am Ausgang eines langen geheimnisvollen Leids, dessen Grund ich nicht kenne.

Im gelben Licht das nackte Gesicht.
Sie spricht von der inneren Sache. Im Innern

dieser inneren Sache herrscht die Wärme des Bluts. Es wäre vielleicht möglich, so zu tun, als wäre es ein anderer, fiktiver Ort und hineinzugleiten, langsam hineinzugleiten, bis die Blutwärme erreicht wäre, dort zu bleiben und zu warten, nichts anderes zu tun als zu warten, kommen zu sehen.
Sie wiederholt: Einmal kommen, um zu sehen.
Ob es jetzt oder später geschieht, vermeiden wird er es nicht können.
Er hört, daß sie vielleicht weint. Er verträgt es schlecht, daß sie weint, er verläßt sie.
Sie legt die schwarze Seide wieder auf ihr Gesicht.
Sie schweigt.

Als sie nichts mehr verlangt, nähert er sich dem in Ruhe befindlichen Geschlecht. Sie spreizt die Beine, um ihn sich in deren Höhlung zu nehmen.
Er ist in der Höhlung der gespreizten Beine.
Er legt seinen Kopf über die Spalte, die die innere Sache absperrt.
Er ist mit dem Gesicht an dem Monstrum,

schon in seiner Feuchte, beinahe an seinen Lippen, in seinem Hauch. Mit einer Gefügigkeit, die Tränen in die Augen treibt, bleibt er dort lange mit geschlossenen Augen auf dem bloßen grauenvollen Geschlecht. Da sagt sie ihm, daß er ihr wahrer Geliebter ist wegen jener Sache, die er ihr gesagt hat, daß er nie etwas wollte, daß sein Mund so nah ist, daß es unerträglich ist, daß er es machen muß, sie mit seinem Mund lieben, sie lieben wie sie liebt, sie, sie liebt den, der sie zum Genuß bringt, sie schreit, sie liebe ihn, er solle es tun, er sei irgendeiner für sie, wie sie für ihn.
Sie schreit noch, als er sein Gesicht zurückgezogen hat.

Sie schreit nicht mehr.
Er flüchtet sich an die Wand in die Nähe der Tür. Er sagt:
– Sie müssen mich in Ruhe lassen, alles ist zwecklos, ich werde nie können.
Sie verbirgt ihr Gesicht am Boden. Sie schreit vor Zorn, sie unterdrückt ihr Bedürfnis zu schlagen, dann schreit sie nicht mehr, sie weint.

Und dann schläft sie ein. Er geht zu ihr hin. Er weckt sie, er verlangt, sie soll sagen, was sie denkt. Sie denkt, es sei schon zu spät, um sich zu trennen.
Sie wendet sich ab. Er kehrt an die Wand zurück. Sie sagt:
– Vielleicht kann die Liebe so, auf eine entsetzliche Weise gelebt werden.
Sie schläft unter der schwarzen Seide bis in den hellichten Tag.

Tags darauf geht sie zur Wand. Und wieder schläft sie die Nacht durch. Er weckt sie nicht. Er spricht nicht mit ihr. Bei Tagesanbruch geht sie. Die Laken sind gefaltet. Das Licht brennt. Er schläft, er hört sie nicht gehen.
Er bleibt im Zimmer. Plötzlich die Angst, verlassen zu werden.
Ein Gewitter kommt auf. Er bleibt, wo er ist, er löscht den Kronleuchter nicht, er bleibt im Licht.

Am Abend dieses Tages ist sie nicht da. Ihre Ankunftszeit ist überschritten. Er schläft nicht.

Er wartet auf sie, um sie zu töten, glaubt er, mit seinen Händen sie zu töten.

Sie trifft mitten in der Nacht ein, sehr spät, im Morgengrauen. Sie sagt, wegen des Gewitters sei sie verspätet. Sie geht an die Wand zum Meer, immer an diesen selben Platz. Sie glaubt sicherlich, er schlafe nicht. Sie wirft ihre Kleider auf den Boden, wie sie es gewöhnlich macht, stets in Eile, zum Schlafen zu gelangen. Sie wickelt sich in die Laken, sie dreht sich zur Wand um. In einem Augenblick sackt sie weg, sie schläft.
Als sie eingeschlafen ist, spricht er zu ihr. Er sagt ihr, daß sie weggejagt werden wird vor Ende des vorgesehenen Aufenthalts. Sie scheint ihn nicht zu hören, sie hört nichts mehr.
Er weint.

Er weint nur, wenn sie da ist, an diesem Ort, der ihm allein gehört und in den sie eingedrungen ist. Er weint nur in dem Fall, daß sie da ist, während er wünschte, daß sie nicht da wäre, es sei denn, er befehle es. Sehr bald verliert das

Weinen jeglichen Grund, ähnlich wie der Schlaf. Er weint so, wie sie schläft. Sie, sie weint manchmal in der Nacht, geräuschlos.

Als sie eingeschlafen ist, in den Laken verborgen, ist ihn zweifellos die Lust angekommen, sich dieser Frau zu bedienen, sich in die blutwarme Höhlung zu begeben, sich in regelwidriger, unwürdiger Lust daran zu ergötzen. Doch damit das getan werden könnte, hätte sie tot sein müssen und er, er hatte vergessen, sie zu töten.

Er sagt ihr, sie hätte bezüglich der Gründe für ihre Verspätung gelogen. Immer kommt ihm das Wort auf die Zunge: lügen. Der Beweis dafür ist, daß sie schläft. Er kann ruhig sprechen, sie schläft, sie lügt wie die anderen Frauen auch, sie schläft.

Er schreit: Morgen wird sie das Zimmer für immer verlassen. Er will seine Ruhe haben. Er hat anderes zu tun, als in seinem eigenen Haus für Ordnung zu sorgen. Er wird die Tür verschließen, sie wird nie mehr eintreten.

Er wird die Lichter löschen, damit sie glaubt,

der Ort sei verlassen. Er wird ihr sagen: Sie brauchen nicht mehr zu kommen, nie mehr.

Er schließt die Augen. Er versucht zu hören, zu sehen: das Zimmer ist dunkel. Kein Lichtstreif dringt unter der Tür hervor. Sie klopft, er antwortet nicht, darauf ruft sie aufmachen. Sie kennt seinen Namen nicht, sie bittet, er möge die Tür öffnen. Ich bin's, machen Sie auf. Er kann sie sich allein in der Stadt oder unter den nächtlichen Strandgängern vorstellen, er hat es schon oft getan, er hat sie sich schon oft vorgestellt, wenn sie kommt zum Beispiel und wenn es dunkel ist. Aber er kann sie sich nicht vor der geschlossenen Tür vorstellen. Sofort wüßte sie Bescheid, sie. Sie ist so, daß sie sofort begreift, die geschlossene Tür ist eine Finte. Zweifellos wüßte sie es, sobald sie sähe, daß kein Licht mehr brennt.

Er irrt sich. Er fängt von neuem an: nein, sie wird nicht rufen, sie wird weggehen, ohne an die Tür geklopft zu haben und um nie wiederzukommen. Die Geste des Tötens, des für immer Verlassens, des für immer Weggehens, wenn sie denn erfolgen sollte, wäre sie es, die sie ausführte. Als er sie schlafen sieht, weiß er es plötzlich: sie ist eine Person, die nicht zurückkehrt, weil sie eine Person ist, die glaubt, was man ihr erzählt. Gerade so wie sie schläft, glaubt sie es.

Er schläft lange. Als er aufwacht, ist es später Vormittag. Die Sonne scheint strahlend hell, man sieht es an den Ausschnitten der Tür, ihre Gischt dringt ein mit stählernem Glanz.
Sie ist nicht mehr im Zimmer.

Plötzlich bis in den Kopf hinein die Übelkeit hervorrufende Schwäche, doch besonderer, persönlicher Art. Das Unglück, aber so, wie er es bereits erlebt hat. Er kennt dessen Ökonomie, dessen Materie.
Er schaltet die gelbe Lüsterbeleuchtung aus. Er streckt sich auf dem Boden des Zimmers aus, mehrmals schläft er ein, er wacht auf, er geht nicht zum Essen in die Küche des abgeschlossenen Hauses. Er öffnet die Tür nicht, er bleibt im Zimmer. Er hütet das Zimmer, wahrt die Einsamkeit.

Als die Zeit ihrer Ankunft naht, beschließt er, sie soll fortgehen, aber von sich aus, von sich aus soll sie begreifen, daß er niemals etwas befehlen kann.
Er würde gern mit jemandem sprechen. Aber er hat niemanden, sie ist nicht zum Reden da. Der Schmerz ist deutlich, im Zimmer ausgebreitet, im Kopf, in den Händen, der Schmerz raubt Kraft, er mildert die Einsamkeit, er überläßt ihn dem Gedanken, daß er vielleicht sterben wird.
An der Wand die Laken, die sie zusammengefaltet hat. Sie hat sie sorgfältig auf den Boden gelegt, wie ein weiblicher Gast es machen würde. Er geht zu den gefalteten Laken, schlägt sie auf und deckt sich mit ihnen zu: die jähe Kälte.
Am Abend klopft sie an die offengebliebene Tür.

In bezug auf die Helden der Geschichte, würde ein Schauspieler sagen, wüßte man nicht, wer, noch warum sie sind.

Um sie betrachten zu können, überließe man sie manchmal sich selbst, schweigend, eine geraume Weile: um sie herum die zum Stillstand gekommenen, stimmlosen Schauspieler, und sie im Licht, vom Schweigen überrascht.
Oft schläft sie. Und er betrachtet sie.
Manchmal, in ihren Schlafbewegungen, berühren sich ihre Hände, doch nur um sich sogleich wieder zu fliehen.
Sie wären vom Licht geblendet, sie wären nackt, nacktes Geschlecht, blicklose Kreaturen, exponiert.

Während der Nächte, die folgen, geschieht nichts als der Schlaf. Man geht einem gewissen Vergessen der Ereignisse des Sommers entgegen.
Manchmal, im Zustand der Geistesabwesenheit, nähern sich die Körper und berühren einander, und es entsteht ein leichtes Erwachen, das der Schlaf sofort wieder zudeckt. Nachdem sie einander berührt haben, bewegen sich die

Körper also nicht mehr. Dies so lange, bis einer von ihnen sich umdreht und sich entfernt. Aber nichts Eindeutiges geschieht. Immer noch kein Blick. Kein Ende.

Manchmal reden sie. Was sie sagen, bezieht sich in nichts auf das, was im Zimmer vor sich geht, außer in dem einen, daß sie nichts über das Zimmer sagen.

Manchmal dreht sie sich um, sie wehrt sich gegen eine äußere Drohung, den Schrei eines Tieres, den gegen die Tür schlagenden Wind, seinen geschminkten Mund, die Sanftheit seines Blicks. Sie fällt immer wieder in Schlaf. Manchmal gegen Morgen erreicht sie tiefere Schichten der Abwesenheit. Kaum daß die Atemzüge übrigbleiben manchmal. Manchmal glaubt man ein schlafendes Tier neben sich.

Morgens hört er sie fortgehen. Aber auch das kaum. Er rührt sich nicht. Man könnte glauben, er befände sich in der gleichen überwältigenden morgendlichen Abwesenheit. Und sie, sie tut so, als wäre es wahr, daß er schläft.

Manchmal kann man sagen, daß nichts sich ereignet außer dieser Lüge.

Zur Nacht ist sie zur vereinbarten Stunde da, der Körper liegt ordnungsgemäß auf den weißen Laken, nackt im Licht des Lüsters.
Das Gesicht beseitigt unter der schwarzen Seide, stellt sie sich tot. Das ist, was er an schlechten Tagen denkt.

Es ist zweifellos noch Nacht. Noch dringt von draußen keine Helligkeit ein. Um die weißen Laken herum geht der Mann, umkreist sie.
Das Meer ist vor dem Zimmer angelangt. Der Tag kann nicht mehr fern sein. Es ist das schlaflose Meer, das dort ist, den Wänden sehr nahe. Es ist sein Tosen, langsam, außerhalb, jenes Tosen, das zum Sterben treibt.
Sie hat die Augen geöffnet.
Sie blicken einander nicht an.
Dies ist so seit mehreren Nächten.
Keine äußere Bezeichnung bietet sich an, um auszudrücken, was sie im Begriff zu erleben sind. Keine Lösung, um das Leid zu vermeiden.

Sie schläft.
Er weint.

Er weint über ein fernes Bild des Sommerabends. Er braucht sie, ihre Anwesenheit im Zimmer, um den jungen Ausländer mit den blauen Augen, dem schwarzen Haar zu beweinen.
Ohne sie im Zimmer bliebe das Bild fruchtlos, es würde sein Herz, seine Begierde verdorren machen.
Den Körper hatte er nicht gesehen. Nur, daß er einen weißen Anzug, ein weißes Hemd trug.
Blaß, er war blaß, er kam aus dem Norden, dem verschwiegenen Land.
Groß.
Die Stimme, von der Stimme weiß er nichts.
Er rührt sich nicht mehr. Er macht wieder den Weg vom Park zum Hotel bis zum Fenster der Halle.
Er horcht mit geschlossenen Augen. Er hört den Ausruf. Er entdeckt immer noch kein Wort darin, keinen Sinn. Als er die Augen öffnet, ist es bereits zu spät, der Körper mit den blauen Augen geht stumm zum offenen Fenster.
Zu ihr spricht er nicht über ihn. Der Gedanke kommt ihm nicht. Er spricht nicht über sein Le-

ben. Ihm ist nie der Gedanke gekommen, daß er dies tun könnte. Weder sind die Worte vorhanden, noch ist der Satz vorhanden, in den sich die Worte fassen lassen. Um zu sagen, was ihnen geschieht, gibt es das Schweigen oder das Lachen oder manchmal beispielsweise das Weinen mit ihr.

Sie schaut ihn an. So sieht sie ihn in seiner Abwesenheit, so wie er da ist. Voll stummer Bilder, trunken vor mannigfachem Leiden, vor Verlangen, ein verlorenes Ding wiederzufinden wie auch eines zu kaufen, das er noch nicht hat und das jäh zu seinem Lebensinhalt wird, dieser Anzug, diese Armbanduhr, dieser Geliebte, dieser Wagen. Wo er auch sei, was er auch tue, immer ein Unheil ganz für sich allein.

In manchen Nächten kann sie ihn lange anschauen. Er bemerkt, daß ihre Augen offen stehen. Er lächelt ihr zu, als wäre er gewissermaßen entlarvt, zerknirscht, immer mit dieser unaufhörlichen Bitte um Entschuldigung dafür, daß er lebt, daß er es tun muß.

Ihm zu Gefallen redet sie.
Sie sagt, daß sie den Sommer in der Stadt verbringt. Daß sie nicht weit von hier in einer Universitätsstadt lebt, in der sie geboren ist. Daß sie eine Provinzlerin ist.
Sie liebt das Meer, besonders diesen Strand. Hier hat sie kein Haus. Sie lebt in einem Hotel. Das ist ihr angenehmer. Im Sommer ist es besser so. Wegen des Haushalts, des Frühstücks, der Liebhaber.
Er fängt an zuzuhören. Er ist ein Mensch, der allem, was man erzählt, mit gleicher Leidenschaft zuhört. Man vermag nicht einzusehen, warum in solchem Maße. Er fragt, ob sie Freunde habe. Sie hat welche, ja, hier und auch in der Stadt, wo sie im Winter wohnt. Sind das Freunde, die sie seit jeher hat? Einige sind solche Freunde, aber natürlich sind es hauptsächlich Leute, die sie an der Universität kennengelernt hat. Sie besucht also die Universität? Ja, sie studiert Naturwissenschaften. Sie ist auch interimistische Dozentin für Naturwissenschaften, ja. Sie erzählt. Er sagt, er habe begriffen, daß sie studiert hat. Sie lacht. Er lacht, ver-

wirrt, weil er bemerkt hat, wie groß ihr heimliches Einverständnis gewesen ist. Dann sieht er plötzlich, daß sie nicht mehr lacht, daß sie ihn verläßt, daß sie ihn anblickt, als wäre er anbetungswürdig oder tot. Und dann, daß sie zurückkehrt. Ihr Blick wahrt einen Schimmer der Verstörung, die sie in seiner Gegenwart erlebt hat.

Sie sprechen nicht über diese Angst. Sie weiß weniger als er, daß sich etwas ereignet hat. Sie bleiben lange einer dem anderen fern im Bemühen wiederzufinden, was geschehen ist, als sie einander angeblickt haben, dieses Grauen, von dem sie noch keine Kenntnis haben.

Er liebt den Gedanken an die Tollheit, die sie veranlaßt hat, im Zimmer zu wohnen und das Geld anzunehmen. Er weiß, daß sie reich ist, er weiß solche Dinge ausfindig zu machen. Er sagt ihr, falls er sie je zu lieben begänne, wäre es hauptsächlich deshalb, wegen ihres Reichtums, wegen ihrer Tollheit.

Wie eine Entgegnung auf alle diese Reden entdeckt sie eines Nachts an seinen Handgelenken

die feinen Spuren von Rasierklingen. Er hat nie darüber gesprochen. Sie weint. Sie weckt ihn nicht auf.
Am nächsten Tag kommt sie nicht ins Zimmer. Sie kommt erst am übernächsten Tag wieder. Sie sagen nichts zu dem Fernbleiben. Er stellt ihr keine Fragen. Sie spricht über nichts.
Sie kommt wieder ins Zimmer wie vor der Entdeckung der Spuren auf den Armen.

Das Geräusch des Meers hat sich zurückgezogen. Der Tag ist noch fern. Sie wacht auf, sie fragt ihn, ob es noch dunkel sei. Er sagt, ja, es sei noch dunkel. Sie betrachtet lange den Mann, der, wie sie weiß, schlecht schläft. Sie sagt: Ich habe wieder viel geschlafen.
Sie sagt, daß er, wenn er will, mit ihr reden kann, während sie schläft. Er kann sie auch aufwecken, wenn er es wünscht, damit sie hört, was er sagt. Sie ist nicht mehr so müde, wie sie es zur Zeit in dem Café am Meer war. Er kann auch, wenn er dies außerdem wünscht, während sie schläft, ihre Augen, ihre Hände küssen,

wie damals in dem Café. Spät in der Nacht, als sie wieder eingeschlafen ist, tut er es:
Die schwarze Seide ist hinabgeglitten, und ihr Gesicht ist nackt unter dem Licht. Er berührt mit den Fingern ihre Lippen, auch die ihres Geschlechts, er küßt die geschlossenen Augen, das Blau, das unter den Fingern vergeht. Er berührt auch bestimmte abscheuliche und verbrecherische Teile ihres Körpers. Als sie aufwacht, sagt er es ihr:
– Ich habe Ihre Augen geküßt.
Sie legt sich wieder hin, legt sich die schwarze Seide wieder über das Gesicht. Er streckt sich längs der Wand aus und wartet auf den Schlaf. Sie wiederholt den Satz, den er gesagt hat, mit seiner Sanftheit aber, in seinem Tonfall: Ich habe Ihre Augen geküßt.

Mitten in der Nacht ist sie wie von Entsetzen gepackt. Sie fährt auf, sie sagt, daß eines Tages die Zahl der vorgesehenen Nächte überschritten sein wird und sie es nicht wissen werden. Er hört nicht. Wenn er schläft, hört er nicht. Sie streckt sich wieder hin, sie hat Mühe wieder einzuschlafen, sie betrachtet ihn, betrachtet ihn ohne Ende, und sie spricht zu ihm, und sie weint, als sie hört, wovon sie zu ihm spricht, von dieser Liebe.

Er geht im Zimmer umher, um die Laken herum, die Wand entlang. Er bittet sie, nicht zu schlafen. Nackt zu bleiben, ohne die schwarze Seide. Er geht um den Körper herum.

Manchmal bleibt er stehen, die Stirn an der kalten Wand, dort wo der starke Wellengang aufprallt.
Sie fragt, was er durch die Wand hört. Er sagt:
– Alles. Sowohl Schreie wie Schläge, wie Bersten, wie Stimmen.
Er hört auch Norma. Sie bricht in Gelächter aus. Er hört auf umherzugehen. Er sieht zu, wie sie lacht, er ist entzückt über dieses Lachen. Er geht näher zu ihr hin und bleibt stehen, um zu sehen, wie sie lacht, aber lacht, lacht, ihre ganze Geschichte in ein wildes Lachen verpackt.
Sie fragt ihn: Aber wer singt denn die Norma?

Er sagt, es sei die Callas, nur sie könne Bellini singen. Sie fragt ihn: Aber wo hierorts singt man um vier Uhr morgens die Norma? Er sagt, es seien Leute in einem Auto am Strandufer, sie brauche nur gut hinzuhören. Sie horcht und lacht wieder: Da ist nichts zu hören. Darauf sagt er ihr, wenn sie Norma hören will, sei das möglich. Er habe im Hause einen Plattenspieler. Sie läßt ihn gehen. Er hat die Tür wieder hinter sich geschlossen und ein wenig später ist das Zimmer von der Stimme der Callas erfüllt.

Er kehrt zurück. Er schließt die Tür hinter sich.

Er sagt: Ich hätte nie gewagt, sie Ihnen aufzudrängen.

Als er sich Norma anhört, küßt sie seine Hände, seine Arme. Er läßt sie machen.

Plötzlich, unversehens, geht er wieder ins Haus, stellt den Plattenspieler ab. Er geht hinaus.

Er ist auf der Terrasse. Der Mond ist verschwunden. Der Himmel ist wolkenlos, man könnte meinen, er sei blau. Es herrscht Ebbe, der Strand liegt weit über die Dämme der Fahrrinne hinaus offen da, er ist zu einer von Seen, von Löchern zerrissenen weiten verlassenen Gegend geworden. Die Strandgänger laufen meist am Rande des Meers. Männer vor allem. Manche dagegen streichen dicht an der Zimmerwand vorüber. Sie schauen nicht hin. Lange hatte er nicht gewußt, was es mit diesen Strandgängern auf sich hatte, er glaubte, diese Leute machten sich zu einer Nachtarbeit in den umliegenden Fanggebieten oder Märkten auf. Er war sehr jung aus dieser Stadt fortgegangen, in einem Alter, in dem er noch nicht Bescheid wissen konnte. Er war lange fortgeblieben. Erst vor kurzem, vor kaum einigen Monaten war er zurückgekehrt, um hier zu leben. Er war regelmäßig fortgegangen. Immer aus sentimentalen Anlässen. Und er war stets hierher zurückgekehrt. Da er nur dieses Haus hatte, hatte er nie versucht, anderswo etwas zu finden, wohin er, um dort zu leben, zurückkehren konnte.

Er erinnert sich: Wenn er fern von hier ist, betrachtet er das Meer nicht, selbst dann nicht, wenn es direkt vor seiner Tür ist.

Er tut nichts. Er ist einer, der nichts tut und dessen Zustand des Nichtstuns die ganze Zeit ausfüllt. Vielleicht weiß sie es, sie, daß er nicht arbeitet. Eines Tags hat sie ihm gesagt, daß es in dieser Stadt viele Leute gäbe, die nicht arbeiteten, die von der Vermietung der Villen im Sommer lebten.

Die Leute, die vorübergehen, ständig: manche gehen zur Stadt, sie gehen in Richtung zur Flußmündung, sie sind die, die zurückkehren. Die anderen gehen zum Labyrinth der Steine, zu den dunklen Massen. Sie gehen so wie jene, die zurückkehren, ohne etwas anzusehen, etwas zu sehen.

In der Ferne gegen Norden hebt sich die Stelle der Steinmassen vom übrigen Horizont ab. Es ist ein dunkler Haufen am Fuß eines Kalkhügels. Er entsinnt sich, da waren beschädigte Badekabinen, ein von der Steilküste gestürztes deutsches Fort.

Im Zimmer sitzt sie unter dem gelbstrahlenden Lüster. Manchmal, wie heute abend, hat er, wenn er von der Terrasse zurückkommt, vergessen, daß diese Frau im Zimmer ist.

Er erinnert sich, daß sie am heutigen Abend gegenüber dem gewöhnlichen Zeitplan leicht verspätet war, er hat nichts gesagt. Er macht sich darüber Gedanken, nicht weil er versäumt hat, es ihr gegenüber zu erwähnen, sondern vielmehr damit diese Verspätung nicht eine Bedeutung gewinnt, die sie möglicherweise haben könnte, später, im Lauf der Tage, wenn es dazu kommt, daß er glaubt, er habe sie zu lieben begonnen.

Sie sitzt zur Tür gewandt aufrecht im Licht des Lüsters. Sie beobachtet jeden Tag mit der gleichen Erregung wie am ersten Tag in jenem Café, wie er im Zimmer nähertritt. Der Körper ist nackt, die Beine sind die mageren und langen eines Heranwachsenden, der Blick ist unsicher, von unglaublicher Sanftheit. Er hält seine Brille in der Hand, er kann sie schlecht erkennen.

Er sagt, er sei am Ufer des Meeres gewesen, um die Strandgänger zu betrachten wie in einem von ihr geschriebenen Buch. Er sei nicht fortgegangen. Er gehe nicht mehr fort, wie zuvor. Er

habe schon seit mehreren Tagen nicht mehr ans Fortgehen gedacht.
Seitdem sie bei ihm im Zimmer sei, habe er die Gewohnheit angenommen, nachts auf die Terrasse zu gehen und das Meer zu betrachten.
Sie schweigen miteinander, wie sie es oft tun, lange Zeit.
Sie ist es, die spricht, die das Schweigen beunruhigt.
Wirklich hört man nichts mehr, nicht einmal das gewohnte Geräusch der Vereinigung von Meer und Wind. Er sagt: Das Meer ist weit in der Ferne, fast flach, wirklich, nichts mehr.
Sie schaut um sich. Sie sagt: Niemand kann erkennen, was in diesem Zimmer vorgeht. Und niemand auch kann sagen, was später geschehen wird. Sie sagt, daß beide Dinge gleich beängstigend sind für die Leute, die sie beobachten. Er verwundert sich: Wer beobachtet sie? Die Bewohner der Stadt, sie sehen doch sehr wohl, daß das Haus nicht leersteht. Durch die geschlossenen Läden hindurch gewahren sie Licht und fragen sich. Was fragen sie sich? Ob es nicht angezeigt wäre, die Polizei zu rufen.

Die Polizei fragt: Aus welchem Grund sind Sie hier? Und sie beide wissen keinen Grund anzugeben. Was dann?

Er sagt: Eines Tags wird man sich nicht mehr kennen. Sehr bald wird das Haus dann leer sein, verkauft werden. Ich werde keine Kinder haben.
Sie hört ihm nicht zu, sie spricht ihrerseits. Sie sagt:
– Vielleicht gelänge es einem Außenstehenden zu erkennen, was in diesem Zimmer vorgeht. Einem, der lediglich beobachten würde, wie sie schlafen, und der aufgrund ihres Schlafs, der Lage der Körper erkennen würde, ob die Leute im Zimmer sich geliebt haben.

Sie findet auch, daß es zu spät ist, daß sie täglich zu lange schlafen. Sie sagt nicht, um was zu tun, da sie nichts erwarten. Sie sagt es auf andere Weise: sie sagt, daß sie Zeit brauchen, um an sich selbst, ihre Bestimmungen zu denken.

Sie möchte, daß er sie an das erinnert, was sie vorhin, als sie aufwachte, gesagt hat. Es kommt vor, daß sie im Halbschlaf spricht und sich beim Erwachen nur schwer auf das, was sie gesagt hat, besinnen kann. Doch diesmal erinnert sie sich genau an eine Frauenstimme, die ihrer Stimme glich, und an einen schwierigen, schmerzlichen, ihrem eigenen Fleisch entrissenen Satz, den sie nicht völlig verstanden und der sie zum Weinen gebracht hatte.

Sie besinnt sich wieder auf das, was sie im Schlaf gesagt hat. Sie hat von der im Zimmer verrinnenden Zeit gesprochen. Sie wüßte gern, wie dieses Verlangen ausdrücken, die vergehende Zeit Gesicht an Gesicht, Körper an Körper, dicht aneinandergedrängt festzuhalten. Sie sagt, sie spreche von der Zeit zwischen den Dingen, zwischen den Menschen, der Zeit, die die anderen Menschen wegwerfen, die ohne Bedeutung für sie ist, sie, diese verlorenen Menschen. Aber, sagt sie, vielleicht entsteht, indem man nicht von ihr spricht, diese Zeit da, die sie zu gewinnen versucht.
Sie weint. Sie sagt, das Schrecklichste sei das Vergessen der Geliebten, der jungen Ausländer

mit blauen Augen, schwarzem Haar. Er bewegt sich nicht, wendet die Augen ab. Sie legt sich hin, sie deckt sich mit den Laken zu, und ihr Gesicht verbirgt sie unter der schwarzen Seide. Er erinnert sich, daß es sich tatsächlich um die verrinnende Zeit handeln muß, in der sonderbaren Rede, die sie manchmal weckt.

Sie plaudert.
Nachts macht sie es oft. Er hört aufmerksam allem zu, was sie erzählt. In dieser Nacht sagt sie, daß sie beide, wenn sie sich verlassen haben werden, sich an keine bestimmte Nacht, an kein Wort, kein Bild, das sich von den übrigen Wörtern, den übrigen Bildern abhebt, erinnern werden. Daß sie eine unveränderliche Erinnerung an die Leere des Zimmers, den Schauplatz gelben Lichts, an die weißen Laken, die Wände haben werden.
Er streckt sich ganz nahe neben ihr aus. Er stellt ihr keine Fragen. Sie ist plötzlich sehr müde, den Tränen nahe. Er sagt: Wir werden auch eine Erinnerung an die schwarze Seide, an die Angst, an die Nacht haben. Er sagt: An die Be-

gierde auch. Sie sagt: Das ist wahr, an unsere Begierde des einen nach dem anderen, aus der wir nichts machen.
Sie sagt: Wir haben gelogen. Wir wollen nicht wissen, was im Zimmer vorgeht. Er fragt nicht, warum sie so müde ist.
Sie dreht sich um. Sie streckt sich längs seines Körpers aus, bleibt aber liegen, ohne ihn anzureden, das Gesicht immer noch unter der schwarzen Seide.
Sie sagt, daß sie heute abend, bevor sie zu ihm gekommen ist, mit einem Mann zusammen war, daß sie mit diesem anderen Mann starke Lust erlebt hat, wegen ihres Verlangens nach ihm, und daß sie dies ermüdet hat.
Während einer geraumen Weile weiß sie nichts mehr von ihm. Und dann redet er. Er fragt, wie jener Mann war, wie sein Name, sein Orgasmus, seine Haut, seine Rute, sein Mund, seine Schreie waren. Bis zum Morgengrauen fragt er. Erst zuletzt nach der Farbe seiner Augen. Sie schläft.
Er betrachtet sie. In der lockigen Masse des Haars, in der Tiefe des schwarzen Glanzes röt-

liche Schimmer, die an die der Wimpern erinnern. Und die blau umschatteten Augen. Und von der Stirn bis zu den Füßen diese Parität des Leibes, angefangen bei der Verbindungsgeraden von Nase und Mund, im ganzen Körper diese unnötige Wiederholung, diese gleiche Wiederholung der Rhythmen und der Kraft und der Zerbrechlichkeit. Die Schönheit.
Er sagt ihr, sie sei schön. Schöner als alles, was er jemals gesehen hat. Er sagt ihr, daß er am ersten Abend, als sie in der Tür des Zimmers erschienen war, darüber geweint hatte. Sie will das nicht wissen, sie hört sich nicht mehr an, was man über diese Kalamität sagt.

Er macht sie darauf aufmerksam, daß sie bereits seit drei Tagen später als zur gewohnten Ankunftszeit eingetroffen ist. Er fragt sie, ob jener Mann den Anlaß dazu gegeben hat. Sie versucht sich zu erinnern. Nein, er war es nicht. An dem genannten Tag hat er sie am Strand angesprochen. Heute waren sie zum ersten Mal in das Hotelzimmer gegangen.

Von jenem Abend an kommt sie später, als sie sollte. Von sich aus sagt sie nicht, warum sie sich verspätet. Er muß es sie fragen, dann sagt sie es. Es ist wegen jenes Mannes, sie trifft ihn am Nachmittag, sie bleiben zusammen bis zur vertraglich festgesetzten Stunde, zu der sie in dieses Zimmer kommt, um hier die Nacht zu verbringen. Jener Mann weiß von ihrer Lebensweise, sie hat jenem von ihm erzählt. Auch er genießt das Verlangen heftig, das sie nach einem anderen Mann hat.

Wenn sie ihm von jenem Mann erzählt, blicken ihre Augen ihn stets an. Sehr oft spricht sie vom Rande des Schlafs aus.

Wann sie einschläft, erkennt er an ihrem Mund, der sich öffnet, an ihren Augen, die aufhören, unter den Lidern zu beben und die plötzlich zur Rückseite des Gesichts hin einsinken. Dann dreht er sie leicht um, zum Boden hin, in sein Blickfeld. Sie schläft. Er schaut. Läßt die schwarze Seide hinabgleiten, betrachtet das Gesicht. Immer das Gesicht.

An diesem Abend ist ihre Augenschminke von den Küssen des anderen Mannes getilgt wor-

den. Die Wimpern sind nackt, sie haben die Farbe rötlichen Strohs. Auf den Brüsten sind leichte Striemen. Ihre Hände liegen offen da, sie sind ganz leicht beschmutzt, ihr Geruch ist anders.
Jener Mann existiert so, wie sie sagt.

Er weckt sie.
Er fragt sie, woher sie kommt, wer sie ist, nach ihrem Alter, ihrem Namen, ihrer Adresse, ihrem Beruf, alles auf einmal.
Sie sagt nichts. Weder woher sie kommt. Noch wer sie ist. Sie gibt ihren Namen nicht an.
Das ist vorbei. Er besteht nicht darauf. Er spricht von etwas anderem.
Er sagt: In Ihrem Haar, auf Ihrer Haut ist ein neues Parfum, schwer zu sagen, was.
Sie senkt die Augen, als sie es ihm sagt. Es ist nicht mehr nur ihre eigenes Parfum, es ist auch das des anderen Mannes. Falls er es wünscht, wird sie, wenn sie kommt, nur noch das Parfum dieses Mannes an sich haben, morgen, falls er es wünscht. Er sagt nicht, ob er es wünscht.

Eines Nachts fragt er sie, warum sie an seinen

Tisch gegangen ist in dem Café am Meer. Warum sie dem Abkommen über die schlaflosen Nächte zugestimmt hat.
Sie besinnt sich. Sie sagt:
– Weil ich, sobald Sie das Café betreten haben in Ihrer damaligen Verfassung, in diesem ruhigen Schmerz, erinnern Sie sich, Sie wollten sterben, weil ich ebenfalls auf diese theatralische und äußerliche Weise habe sterben wollen. Ich wollte mit Ihnen sterben. Ich habe mir gesagt: Meinen Körper an seinen legen und auf den Tod warten. Wie Sie sich zweifellos denken können, habe ich eine Erziehung hinter mir, die mich hätte glauben machen sollen, daß Sie ein Strolch sind und ich mich vor Ihnen fürchten muß, aber Sie weinten, ich sah nur das, und ich bin geblieben. Erst am Morgen auf der Nationalstraße, als Sie sagten, Sie wollten mich bezahlen, habe ich Sie ganz betrachtet. Ich habe Ihren Clownsaufzug gesehen und um Ihre Augen das blaue Khol. Da habe ich gewußt, daß ich mich nicht getäuscht hatte, daß ich Sie liebte, weil Sie, im Gegensatz zu dem, was man mich gelehrt hatte, weder ein Strolch noch ein

Mörder waren, weil sie aus dem Leben abgetreten waren.
Er glaubt im Lächeln das Zerren der Tränen, die Abwesenheit zu gewahren und im Blick die neue Heuchelei, jene, die sich vierzehn Tage nach Beginn der Dinge einstellt. Er ist darüber entsetzt.
Sie sagt:
– Ich kenne Sie nicht. Niemand kann Sie kennen, sich an Ihren Platz versetzen, Sie haben keinen Platz, Sie wissen nicht, wo einen Platz finden. Und daher kommt es, daß ich Sie liebe und daß Sie verloren sind.

Sie schließt die Augen. Sie sagt:
– In diesem Haus am Meer sind Sie verloren wie ein Volk ohne Nachkommen. Im Café habe ich gesehen, daß Sie dieses Renommee, diesen Status zu haben wünschten, ich bin bei Ihnen geblieben in einem Augenblick meines Lebens, mitten in meiner Jugend, da mir so war, als ob dieses verirrte Volk auch das meine wäre.
Sie hält inne, sie blickt ihn an, dann sagt sie ihm, schon in den ersten Stunden ihrer Begeg-

nung habe sie erkannt, daß sie ihn zu lieben begonnen hatte, so wie man erkennt, daß man zu sterben begonnen hat.
Er fragt, ob sie an das Sterben gewöhnt ist.
Sie sagt, sie glaube ja, es sei die Sache, an die man sich am besten gewöhnt. Sie sagt:
– Danach, am Ende der Nacht war es für mich schon zu spät dazu, abzulehnen. Es war von Anfang an dazu zu spät gewesen, Sie nicht mehr zu lieben. Das Geld, so dachten Sie, sollte den Tod bestätigen, und Sie hätten mich dafür bezahlt, dafür, daß ich Sie nicht lieben sollte. Und ich habe trotz dieser Listen lediglich gesehen, daß Sie noch sehr jung sind, und Ihre Geldgeschichten haben nichts genützt.

Er will mehr über den Mann aus der Stadt erfahren.
Sie sagt ihm: Sie sehen sich am Nachmittag in einem Hotelzimmer, das er für einen Monat gemietet hat, damit sie tagsüber beieinander sein können. Sie bleiben in diesem Zimmer bis zur vertraglich vereinbarten Stunde beieinander. Manchmal kommt er nicht, und dann schläft

sie manchmal ein, das ist der Grund ihrer Verspätungen, er weckt sie gewöhnlich, wenn er nicht da ist, wacht sie nicht auf. Manchmal geht sie, wenn sie aus dem Zimmer kommt, auch direkt in das Hotel und bleibt dort bis zum Abend des nächsten Tages.

Sie teilt ihm mit, daß sie ihren Posten als Dozentin aufgegeben hat. Er schreit sie an. Sie Idiotin, Verrückte, sagt er. Ich werde Sie nicht aushalten, rechnen Sie nicht damit. Sie lacht, lacht, und schließlich lacht er mit ihr.

Er liegt neben ihr. Sie licgt unter der schwarzen Seide, schließt die Augen. Sie streichelt die Augen, die Augenhöhlen, den Mund, die Kanten der Flächen, die Stirn. Sie tastet blindlings nach einem anderen Gesicht mittels der Haut, der Knochen. Sie redet. Sie sagt, diese Liebe zu erleben ist ebenso furchtbar wie die unermeßliche indische Weite. Und sie schreit.

Sie zieht ihre Hände vom Gesicht des Mannes im Zimmer zurück, als ob sie sich daran verbrannt hätte, sie wendet sich von ihm ab, sie wirft sich gegen die Wand. Und sie schreit.

Sie bricht in Schluchzen aus. Sie hat in diesem Augenblick den Verlust jedes Lebenssinns erkannt.
Die Sache geschieht mit der Plötzlichkeit des Todes.
Sie ruft jemanden mit sehr tiefer, dumpfer Stimme, sie ruft ihn wie einen Anwesenden, wie sie einen Toten rufen würde, jenseits der Meere, der Kontinente, mit dem vorherrschenden Klang des klagenden Vokals des Orients, dem Vokal, der am Ende jenes Sommertags aus dem Dachgeschoß des Hôtel des Roches gedrungen ist.
Sie beweint fern von ihm, von jenem Mann, von seiner Erscheinung, diesseits jeder Geschichte, sie beweint die Geschichte, die nicht stattgefunden hat.
Der Mann ist wieder zum Mann im Zimmer geworden. Er ist allein. Als sie geschrien hat, hat er sie zuerst nicht angesehen, er hat sich aufgerichtet, um wegzurennen, um zu fliehen. Und dann hat er den Namen vernommen. Da ist er langsam zu ihr zurückgekehrt. Er hat gesagt:
– Merkwürdig, ich versuche, mich an Ihrer Stelle zu erinnern, als ob dies möglich wäre, mir

scheint, ich kann es tun, die Umstände, den Ort, die Worte wiederfinden... und zu gleicher Zeit weiß ich, daß es unmöglich ist, denn... etwas Derartiges, derart Furchtbares, es wäre außergewöhnlich, wenn ich es vergessen hätte.
Es ist so gut, als hätte er nichts gesprochen. Sie bleibt von ihm abgewandt, mit dem Gesicht zur Wand, sie sagt ihm, er solle weggehen. Sie bittet ihn, ins Haus zu gehen, sie allein zu lassen.
Einen ganzen Tag lang bleibt sie im Zimmer.
Als er ins Zimmer zurückkommt, steht sie im Rahmen der offenen Tür, weißgekleidet.
Sie lächelt, sie sagt:
– Es ist das reine Entsetzen.
Er fragt, was das reine Entsetzen sei. Sie sagt:
– Unsere besondere Geschichte.
Er fragt sie, was ihr passiert sei. Sie sagt, es sei sein Gesicht gewesen, das sie gestreichelt habe, aber, gewiß ohne sich darüber klar zu werden, ohne es zu wissen, habe sie ein anderes Gesicht gesucht. Plötzlich sei das andere Gesicht unter ihren Händen gewesen.
Die Gründe, die sie angibt, merkt er sich nicht.
Sie sagt:

– Ich verstehe das nicht, es war wie eine Erscheinung, deshalb habe ich so große Angst gehabt.

Sie sagt, mit ihnen verhält es sich so, als würden sie zusammen in einem Buch festgehalten und am Ende des Buchs werden sie der Auflösung durch die Stadt wiedergegeben, wieder getrennt.

Von dem Vorfall spricht sie später leichthin. Sie sagt:
– Das hätte sich sehr wohl weit von hier abspielen können, vor Jahren, in einem fremden Land, während eines strahlenden Sommers, wie für Sie die tödlichen Urlaubsleiden, die Sie weinen machten, das hätte so völlig vergessen sein können, daß man nicht mehr davon träumte, nie mehr, nie mehr, und hätte unvermittelt wieder unter die Hand kommen können mit der Kraft eines ersten Mals, einer wahnsinnigen jähen Liebe.

Er sagt, daß er die Augen des jungen Ausländers mit den blauen Augen, dem schwarzen

Haar zu vergessen anfängt. Manchmal beim Erwachen bezweifelt er sogar, daß die Geschichte vorgefallen ist. Wie jenes Gesicht, das sie, ohne es zu wissen, suchte, muß das des jungen Ausländers für ihn ein anderes, aber künftiges überdecken. Er sagt, daß das blinde Gesicht, dessen er sich noch erinnert, ihm nun feindlich erscheint, brutal.

Sie sagt ihm, daß es zweifellos er war, den sie seit jeher lieben wollte, einen falschen Liebhaber, einen Mann, der nicht liebt.
Er sagt:
– Ehe Sie mich kannten, war es also schon ich.
– Ja, wie im Theater die Rolle, bereits bevor ich wußte, daß Sie existieren.
Er empfindet eine gewisse Angst. Er mag nicht, daß man davon spricht, von bestimmten Dingen. Er sagt, daß sie von etwas ihnen Unbekanntem gesprochen haben. Sie ist sich dessen nicht sicher. Sie sagt:
– Sie irren, vielleicht ist es nicht wahr. Auf gewisse Weise kennt man alles, alles und alle,

meine ich. Denken Sie nur daran, wie gut man den Tod kennt.

Er verharrt lange regungslos im gelben Licht. im beängstigenden Nachhall der Worte. Er sagt ihr, sie möge näher zu ihm kommen. Sie tut es, legt sich dicht neben ihn hin, doch ohne seinen Körper im geringsten zu berühren. Er fragt, ob es das Gesicht eines Verstorbenen ist, das sie unter ihrer Hand gefunden hat.

Es dauert lange, bis sie antwortet. Sie sagt, nein, zweifellos nicht.

Er möchte, daß sie ins Licht kommt. Sie kann noch nicht kommen, sie bittet ihn, sie in Ruhe zu lassen. Er läßt sie nicht in Ruhe, er stellt ihr Fragen, und sie, sie antwortet:

– Warum haben Sie geschrien?

– Weil ich an eine Strafe des Himmels geglaubt habe.

Sie schlafen, sie wachen auf, er fragt sie wieder, wie jene Liebe war, wie sie sich erlebte. Sie sagt:

– Wie eine Liebe, die einen Anfang hat und ein Ende, unvergeßlich, obwohl man sie vergessen hat, ich weiß es nicht mehr.

Sie sagt, man müßte dahin gelangen, so zu leben wie sie beide, den Leib in einer Ödnis lassend, im Geist die Erinnerung an einen einzigen Kuß, ein einziges Wort, einen einzigen Blick für eine ganze Liebe.

Sie schläft.
Er sagt: Es war ein außergewöhnlich milder Abend, kein Windhauch, die ganze Stadt war im Freien, man sprach nur von der lauen Wärme der Luft, eine koloniale Temperatur, Ägypten im Frühjahr, die Inseln des südlichen Atlantik.
Menschen betrachteten den Sonnenuntergang, die Halle glich einem dem Meer aufgesetzten Glasgehäuse. Im Innern waren Frauen mit Kindern, sie redeten von dem Sommerabend, sie sagten, das käme selten vor, drei oder vier Mal in der Saison vielleicht und nicht einmal das, man müsse ihn nutzen, ehe man sterbe; man wisse ja nicht, ob Gott zulassen werde, daß man noch weitere ebenso schöne Sommer erleben werde.
Die Männer waren draußen auf der Hotelter-

rasse. Man hörte sie ebenso deutlich wie die Frauen in der Halle, auch sie sprachen von den vergangenen Sommern. Die Reden waren die gleichen, die Stimmen auch, sie klangen ebenfalls leicht und leer.

Sie schläft.

– Ich habe den Park durchquert, ich habe mich einem offenen Fenster genähert, ich wollte zu den Männern auf die Terrasse gehen, aber ich habe es nicht gewagt, ich bin dort stehengeblieben und habe die Frauen betrachtet. Sie war schön, diese dem Meer aufgesetzte Halle vor dem Zentrum der Sonne.

Sie erwacht.

– Es war kurz nachdem ich mich dem Fenster genähert hatte, daß ich ihn sah. Er mußte durch die Tür zum Park eingetreten sein. Ich habe ihn gesehen, als er durch die Halle schritt. Wenige Meter von mir entfernt ist er stehengeblieben.

Er lächelt, er versucht zu spotten, aber seine Hände zittern.

– Da ist es geschehen. Diese Liebe, von der ich Ihnen nichts gesagt habe, da. Da habe ich für allezeit einen jungen Ausländer mit blauen Augen, schwarzem Haar gesehen, dessentwegen ich sterben wollte, in Ihrer Anwesenheit, an dem Abend im Café am Meer – er lächelt, er spottet, aber er zittert wieder.

Sie blickt ihn an, sie wiederholt die Worte, um sie auszusprechen: Einen jungen Ausländer mit blauen Augen, schwarzem Haar.

Sie lächelt, sie fragt: Der, von dem Sie mir schon gesprochen haben, der mit der weißgekleideten Frau fortgegangen ist?

Er bestätigt es: Ganz richtig.

Sie sagt:

– An jenem Abend habe ich mich in der Halle aufgehalten, aber nur einige Minuten, um jemanden zu treffen, der Frankreich verlassen mußte.

Sie erinnert sich an den Lärm, den die Frauen in der Halle veranstalteten, an bestimmte Worte, die über die außergewöhnliche Milde dieses Spätsommerabends gesagt wurden.

Aber an den Abend selbst erinnert sie sich nicht mehr.

Sie denkt nach. Ja, sie erinnert sich an das allgemeine Entzücken angesichts der Seltenheit ei-

nes Abends, über den man wie von einer vor dem Vergessen zu bewahrenden und den Kindern einst zu erzählenden Sache sprach. Und auch daran, daß sie dafür gewesen wäre, diesen Sommerabend zu verbergen, um ihn zu Asche zu verbrennen.
Sie schweigt lange. Sie weint.
Sie sagt, daß sie sich hauptsächlich an den roten Himmel erinnert, der durch die geschlossenen Vorhänge des Zimmers im Hôtel des Roches drang, wo sie mit einem jungen Ausländer schlief, den sie nicht kannte, der blaue Augen und schwarzes Haar hatte.
Er weint gleichfalls. Er schweigt. Er entfernt sich von ihr.
Sie sagt, daß viele Ausländer im Sommer in diesen Badeort kommen, um Französisch zu lernen, daß sie immer schwarzes Haar und manchmal blaue Augen haben. Sie fügt hinzu: Und einen matten Teint wie manche Spanier, haben Sie das bemerkt? Er hat es bemerkt, ja.
Er fragt sie, ob in einem bestimmten Augenblick an jenem Abend neben ihr in der Halle während sehr kurzer Zeit, kaum einigen Se-

kunden nicht noch ein weiterer sehr junger, weiß angezogener Mann, ein anderer junger Ausländer mit blauen Augen, schwarzem Haar gewesen sei. Sie fragt:

– Weiß angezogen? Sagen Sie: weiß angezogen?

– Ich bin mir dessen nicht mehr sicher, mir scheint weiß, ja. Schön.

Sie schaut ihn an, sie ist es, die fragt:

– Wer ist er?

– Ich weiß es nicht. Ich habe es nie gewußt.

– Und wieso Ausländer?

Er antwortet nicht. Sie weint, sie lächelt ihm unter Tränen zu.

– Auf daß er für immer fort sei?

– Wahrscheinlich.

Auch er lächelt ihr unter Tränen zu.

– Um noch tiefer zu verzweifeln.

Sie weinen. Er fragt seinerseits:

– Und ist auch er in Wirklichkeit abgereist?

– Ja. Für immer auch er.

– Sie haben eine Geschichte gehabt.

– Wir sind drei Tage lang in dem Zimmer im Hôtel des Roches geblieben. Und dann ist der

Tag seiner Abreise gekommen, jener Sommertag, von dem Sie sprachen und von dem ich nichts gesehen habe außer während der wenigen Minuten in der Halle. Ich hatte als erste das Zimmer verlassen und war hinuntergegangen, und er sollte mit mir zusammentreffen. Wir hatten uns verspätet.

Er zögert. Er bittet sie, es ihm zu sagen. Sie sagt es ihm:

– Nein. Er war gern mit Frauen zusammen.

Er sagt den prophetischen Satz:

– Früher oder später wäre er zu uns gekommen, sie kommen alle dahin, man muß nur die dazu notwendige Zeit abwarten.

Sie lächelt, sie sagt:

– Er wäre nicht im Zimmer geblieben.

Er schließt die Augen. Er sagt, er sehe die Halle im Sommerlicht. Er fragt:

– Er wollte Sie nicht verlassen, war es so?

– Es war so, er wollte nicht. Wollte nicht.

– Das Verbrechen, von dem Sie sprachen, war es das?

– Es war das.

– Ihre Trennung.
Sie blickt ihn nicht an. Sie sagt: Ja. Sie sagt:
– Warum? Wer kann das sagen... Ich weiß es nicht. Ich weiß es noch nicht, ich werde es vielleicht nie wissen. Die Schönheit vielleicht, sie war erstaunlich, unglaublich. Das war es auch, diese tiefe Schönheit, die einen Sinn zu haben schien, wie stets, wenn sie, die Schönheit, zerreißend ist. Im Gegensatz zu dem, was man annehmen konnte, stammte er aus dem Norden. Aus Vancouver. Jude, glaube ich. Er war für die Idee Gottes offen.
Sie sagt: Vielleicht die Idee des Glücks, des Entsetzens.
Sie sagt: Oder vielleicht die Idee der Begierde, der zu starken, schrecklichen Begierde.
Er fragt sie:
– Im Schlaf sagen Sie manchmal etwas wie einen Namen, ein Wort. Das geschieht gegen Morgen, man muß ganz nahe an Ihrem Gesicht sein, um es hören zu können. Es ist kaum ein Wort, aber man könnte glauben, daß es dem gleicht, was eine Stimme im Hotel rief.
Sie erzählt ihm von diesem Wort. Dieses Wort

war ein Name, mit dem sie ihn angeredet hatte und mit dem er sie am letzten Tag auch angeredet hatte. Er war in Wirklichkeit sein eigener, aber von ihr verformter Name. Sie hatte ihn am Morgen seiner Abreise angesichts des vor Hitze menschenleeren Strandes aufgeschrieben.
Sie hatte ihn betrachtet, als er schlief. Gegen Mittag hatte sie ihn geweckt, damit er sie wieder nehmen sollte. Er hatte die Augen geöffnet, er hatte nicht eine Bewegung gemacht. Sie hatte ihn genommen, sie hatte ihn zu sich genommen, während er unter ihr vernichtet war vor Schmerz, sie verlassen zu müssen. Und da hatte er sie mit seinem eigenen Namen gerufen, dem orientalischen, von ihr verformten.

Sie waren ein letztes Mal zum Strand gegangen. Dann hatten sie nicht mehr gewußt, was tun bis zur Stunde der Abreise.

Er war wieder ins Zimmer hinaufgegangen, um sein Gepäck zu holen. Sie, sie hatte nicht dahin zurückkehren wollen. Möglich, daß er sie in dem Moment gerufen hatte, weil er fürchtete,

sie würde aus der Halle laufen, ehe er aus dem Zimmer zurückkam.
Sie erinnert sich an das Schreien, das aus dem Dachgeschoß kam. Sie hatte tatsächlich Lust gehabt, diesem letzten Augenblick auszuweichen, und es war das Schreien gewesen, das sie in der Halle festgehalten hatte.
Er fragt, ob er weinte. Sie weiß es nicht, sie hatte ihn nicht mehr angeblickt, sie wollte ihn verlieren.
Dann war die Stunde gekommen.
– Ich habe ihn zu seinem Flugzeug begleitet. Das sind so internationale Gepflogenheiten.
– Wie alt?
– Zwanzig.
– Ja.
Er sieht sie an. Er sagt: Wie du. Er sagt:
– In den ersten Tagen im Zimmer haben Sie viel geschlafen. Es war seinetwegen, und ich wußte es nicht und weckte Sie.
Es dauert lange, bis sie wieder zu sprechen beginnen. Sie sagt:
– Mit seinem Namen habe ich einen Satz gebildet. In diesem Satz ist die Rede von einem Land

des Sandes. Von einer Hauptstadt des Windes.
– Sie werden ihn nie sagen.
– Die anderen werden ihn für mich sagen, später.
– Was bedeutet das Wort in dem Satz?
– Die Gleichheit der Geschicke angesichts seines Schlafs an jenem Morgen vielleicht? Vor dem Strand, vor dem Meer, vor mir? Ich weiß nicht.
Sie verstummen wieder. Er fragt:
– Sie haben trotzdem einen Brief erwartet, in dem er sagte, daß er zurückkommt?
– Ja. Ich kannte weder seinen Namen noch seine Adresse, aber er kannte den Namen des Hotels, in dem wir waren. Ich habe das Hotel im voraus benachrichtigt, für den Fall, daß ein Brief käme mit diesem Wort auf dem Umschlag. Ich habe nichts erhalten.
– Sie haben alles getan, um zu sterben.
Sie blickt ihn an, sie sagt:
– Wir konnten nicht anders handeln. Ich bin sogar zu Ihnen gegangen, um noch mehr zu sterben.

Er bittet sie, das Wort zu sagen. Mit geschlossenen Augen hört er sie es sagen. Er bittet sie, es wieder und wieder zu sagen, sie sagt es ihm, und er hört immerfort zu. Er weint. Er sagt sie sei es gewesen, die im Hotel gerufen habe. Er erkenne die Stimme, als hätte er sie eben erst vernommen. Sie widerspricht nicht. Sie sagt: Wenn Sie es so wollen.

Er steht immer noch mit geschlossenen Augen vor dem jungen Ausländer mit den blauen Augen, dem schwarzen Haar. Er sagt, daß er das Wort nicht versteht, daß er glaube, das Wort bedeute nichts, bis zu dem Moment, da er es so gehört hat, wie es der junge Ausländer mit den blauen Augen, dem schwarzen Haar gehört hat, der im Zimmer des Hôtel des Roches mit einer Frau zusammen war.

Sie, sie erinnert sich jetzt gut an den Sommer, an jenen Abend, an die längs des Meeres weitgeöffneten und plötzlich angesichts der Schönheit der Dinge schweigenden Lichtgehäuse.

Er bittet sie, diese Nacht sich die schwarze Seide nicht auf das Gesicht zu legen, denn er möchte sie, wenn sie schläft, betrachten.

Er betrachtet, als sie schläft, jene, die von dem Ausländer mit den blauen Augen, dem schwarzen Haar genommen worden ist. Als es Morgen geworden ist, spricht er über seinen eigenen Schlaf, er würde gern von ihr träumen, er träumt nie von einer Frau, er erinnert sich an keinen Traum, wäre er auch fade und kümmerlich, in dem eine Frau vorgekommen ist.

Die Tage sind kürzer, die Nächte länger geworden, der Winter naht. In den Stunden vor Sonnenaufgang beginnt die Kälte in das Zimmer einzudringen. Kaum merklich noch, doch Tag für Tag. Er ist im verschlossenen Haus Decken holen gegangen.
Heute herrscht Sturm, das Geräusch des Meers ist sehr nah. Eine Springflut wütet gegen die Zimmerwand. Das Ganze des Zimmers, der Zeit, des Meers ist die Geschichte geworden.
Er redet davon, Frankreich zu verlassen, ins Ausland zu gehen in ein warmes Klima. Er hat Angst vor dem Winter in Frankreich. Er käme nächstes Jahr zurück, um den Sommer hier zu verbringen.

Sie sagt, daß sie jedesmal, wenn er vom Fortgehen spricht, in ihrem Kopf und um das Haus herum die Hunde des Todes hört.
Sie fragt ihn: Ins Ausland, um was zu tun? Er weiß es nicht, vielleicht nichts, vielleicht um ein Buch zu schreiben. Vielleicht um jemandem zu begegnen. Er erwartet etwas wie eine letzte Begegnung vor dem Tode.
Sie schläft. Wenn sie schläft, spricht er zu ihr.

Sie liegt neben ihm auf dem Boden ausgestreckt, sie schläft. Er sagt:
– Ich weiß nichts von Ihren Gedanken. Ich kann mir nicht vorstellen, daß Sie durch das, was ich sage, leiden könnten. Ich sage nichts. Ich sage nie die Wahrheit. Ich kenne sie nicht. Ich sage nichts, um leiden zu machen. Danach, wenn Sie leiden, habe ich Angst vor dem, was ich gesagt habe.
Er zögert, und dann weckt er sie. Er sagt:
– Es ist nicht nötig, die verbleibenden Nächte zu zählen. Zweifellos wird es noch welche geben vor unserer Trennung.

Sie weiß das: Selbst wenn dann die letzte Nacht gekommen ist, wird es nicht nötig sein, darauf hinzuweisen, weil sie der Beginn einer anderen Geschichte, der ihrer Trennung sein wird.
Er versteht nicht recht, was sie sagt, er hat immer nur ganz kurze, folgenlose Geschichten gehabt. Die Geschichte des jungen Ausländers mit den blauen Augen, dem schwarzen Haar ist, in dem Maße, wie die Zeit verstreicht, die längste, aber ist es ihretwegen, die sie bewahrt. Sie glaubt, daß er irrt, daß die Geschichten auch ohne daß man es weiß weiterleben. Daß sie sich bereits am Ende der Welt befinden, dort, wo die Schicksale sich verwischen, wo sie nicht mehr als persönliche, vielleicht nicht einmal mehr menschliche empfunden werden. Kollektivlieben, sagt sie. Das wäre auf die Ernährung und die Gleichförmigkeit der Welt zurückzuführen.
Sie lachen. Den anderen lachen zu sehen macht sie überglücklich.
Sie bittet ihn, sie davon in Kenntnis zu setzen, wenn er sie eines Tags zu lieben und dies auch zu wissen beginnt, falls je. Nachdem sie mitein-

ander gelacht haben, weinen sie miteinander, wie jeden Tag.
Als sie fortgeht, bricht die Sonne herein, erstrahlt im Zimmer. Als sie die Tür schließt, schwankt das Zimmer im Dunkel, und er geht schon ein in die Erwartung der Nacht.

An jenem Abend kommt sie später als gewöhnlich.
Sie sagt, es sei kalt, die Stadt sei ausgestorben, der Himmel sei klar, durch den Sturm gereinigt, fast blau. Sie sagt nicht, warum sie verspätet ist. Nebeneinander hingestreckt schweigen sie lange. Sie, wieder an der Wand. Und er führt sie wieder zum Zentrum der Aufmerksamkeit, zur Stelle des theatralischen Lichts.
Sie hat die schwarze Seide abgenommen.
Sie spricht von dem anderen Mann. Sie sagt:
– Ich habe ihn heute morgen im Hotel aufgesucht, als ich von hier weggegangen war. Ich wußte, daß er die Nacht in diesem Hotel geschlafen hatte. Er hatte es mir gesagt. Er wartete auf mich. Die Tür war offen. Er stand am Ende des Zimmers, mit geschlossenen Augen,

er wartete auf mich. Ich war es, die zu ihm gegangen ist.
Er verläßt das Zentrum des gelben Lichts, er geht von ihr fort, zur Wand. Er hält die Augen gesenkt, um sie nicht zu sehen. Beide sind ohne Blick füreinander, täuschen instinktiv höchste Gleichgültigkeit vor. Er wartet, sie fährt fort zu sprechen:
– Er hat mich gefragt, ob etwas vorgefallen sei zwischen Ihnen und mir. Ich habe gesagt, daß nichts vorgefallen sei, daß mein Verlangen nach Ihnen täglich wachse, daß ich es Ihnen aber nicht sagte, weil Sie bei der Vorstellung dieses Verlangens starken Widerwillen empfänden. Plötzlich war ich in seinen Händen. Ich habe ihn gewähren lassen.
Sie sagt, daß der Mann geschrien habe, daß er verloren gewesen sei, daß seine Hände sehr brutal geworden seien, als er den Körper anfaßte. Daß die Lust fast zum Sterben stark gewesen sei.
Sie schweigt. Er sagt:
– Ich gehe fort.
Sie antwortet nicht. Sie hat ihren Platz einer

Schlafenden unter dem Licht wieder eingenommen. Sie hat die schwarze Seide wieder über das Gesicht gelegt. Sie hat sich nicht entschuldigt. Er bleibt an der Wand ausgestreckt liegen. Er bewegt sich nicht. Er nähert sich nicht. Sie muß denken: Ich werde, für immer verbannt, fortgehen. Er sagt ihr, sie solle sich mit dem weißen Laken bedecken, er wolle nichts sehen. Er schaut zu, wie sie sich zudeckt. Sie tut so, als sähe sie ihn nicht. Er fordert sie auf, ihn anzublicken. Sie blickt ihn an.

Sie betrachtet das Zimmer durch die schwarze Seide, ohne mit den Augen zu verweilen, wie man die Luft, den Wind betrachten würde. Sie redet über den anderen Mann. Sie sagt, daß sie am Strand diesen Mann zum ersten Mal gesehen hat, am ersten Abend, an dem sie gekommen war, daß sie sich gesehen haben, weiter nichts. Daß sie ihn daraufhin in der Gegend des Hauses wieder gesehen hat. Sie sagt, die Strandgänger erkennen sich wieder. Zuerst war er gekommen, um sie zu sehen. Und dann eines Abends hatte er sie angesprochen.

Er hatte nicht gewußt, daß sie, um zu kommen, über den Strand ging. Sie sagt, daß es nicht immer so ist. Meistens geht sie durch die Sträßchen hinter der Allee, aber beim Eintreffen wendet sie sich trotzdem zum Strand. Sie sagt: Um den Strand zu sehen. Sie sagt:

– Heute abend gibt es sehr wenig Strandgänger, wegen des kalten Windes zweifellos und der Ereignisse – sie sagt nicht welcher Ereignisse. Sie lachen.

Weiß sie, was in der Nähe der Steinhaufen vorgeht, sobald solches Wetter ist, es kalt, windig wird? Ja. Sie weiß es schon vom Ausgang der Stadt ab. Sie erzählt: Ehe sie erfahren hatte, was sich nachts auf dieser Seite des Strandes abspielte, wußte sie sozusagen nichts. Was sich dort fast jede Nacht abspielte, bewirkte, daß sie eines Tages schreiben wird. Daß selbst dann, wenn dieses Wissen beim Lesen der Bücher, die sie schreiben wird, nicht deutlich zutage träte, es dennoch das wäre, was ihre Bücher sagen wollten und warum sie gelesen werden müßten.

Sie hat von den Strandgängern reden hören, als

sie jung war. Die Mädchen in der Klasse redeten von den Steinhaufen und den Leuten, die nachts dorthin gingen. Manche Mädchen waren hingegangen, um sich von den Männern berühren zu lassen. Viele wagten es nicht, aus Furcht. Die hingegangen waren, konnten, wenn sie zurückkehrten, nie mehr so sein wie die, die nicht Bescheid wußten. Sie war auch hingegangen eines Nachts, sie war dreizehn Jahre alt. Niemand sprach mit dem anderen, die Dinge wurden schweigend getan. An den Steinhaufen standen Kabinen. Sie lehnten sich an die Kabinenwände, einer dem anderen gegenüber. Es war sehr langsam vor sich gegangen, zuerst war er mit seinen Fingern eingedrungen und dann mit seiner Rute. In der Lust sprach er von Gott. Sie hatte sich dagegen gewehrt. Er hatte sie in seinen Armen gehalten. Er hatte ihr gesagt, sie möge keine Angst haben. Am Tag darauf war sie versucht gewesen, ihrer Mutter von ihrem Besuch bei den Strandgängern zu erzählen. Aber während des Abendessens war es ihr so vorgekommen, als müsse diese bezüglich ihres Kindes bereits nicht mehr in Unkenntnis sein. Das Kind hatte gewußt, daß seine Mutter von der Existenz des Ortes wußte. Sie sprach nämlich darüber, sie hatte einmal gesagt, sobald es dunkel sei, solle man vermeiden, auf jene Seite des Strands zu gehen. Was das Kind vor jenem Abend nicht gewußt hatte, war, ob diese Frau selbst auch jenen Äquator zum anderen Hang überschritten hatte. Am Blick der Mutter auf ihr Kind an jenem Abend, am Schweigen zwischen ihnen, am heimlichen Lachen, das den Blick uneingestandenen Einverständnisses durchzog, hatte sie es erkannt. Sie waren hinsichtlich dessen, was sich an dem nächtlichen Ort abspielte, die Gleichen.

Jeden Abend bringt sie ihren Körper herbei in das Zimmer, sie löst ihre Kleider, sie legt ihn in die Mitte des gelben Lichts. Bedeckt sich das Gesicht mit der schwarzen Seide.

Wenn angenommen werden dürfte, daß sie eingeschlafen ist, schaut er an, was der andere Mann auf dem Körper angerichtet hat. Verletzungen oft, doch sehr leichte, unwillkürliche. An jenem Tag ist das Parfum des Mannes sehr stark, verändert durch Schweißgeruch, Zigarettengeruch, Geruch nach Schminke. Er lüftet die schwarze Seide. Das Gesicht sieht mitgenommen aus.

Er küßt die geschlossenen Augen. Er legt die schwarze Seide nicht wieder darüber.

Sie dreht sich zu ihm um, man könnte glauben, sie werde ihn ansehen, doch nein, sie öffnet die Augen nicht, sie wendet sich ab.

In der Nacht, noch lange bevor es Tag wird, während des Vorübergehens der Leute vom Strand stellt sie ihm eine Frage, die sie ihm vor mehreren Nächten stellen wollte.

– Sie wollten sagen, die im Zimmer verbrachte Zeit zu bezahlen bedeutete, verlorene Zeit zu bezahlen. Durch eine Frau verlorene Zeit?

Er kann sich zunächst nicht erinnern, dann fällt es ihm wieder ein.

– Verlorene Zeit auch für den Mann, Zeit, die dem Mann zu nichts mehr diente.

Sie fragt ihn, wovon er spricht. Er sagt:

– Wie Sie, von unserer Geschichte, von dem Zimmer. Er sagt: Das Zimmer dient zu nichts mehr, alles im Zimmer ist unbeweglich.

Er muß sich irren. Er hat sich wohl nicht vorgestellt, niemals vorgestellt, daß dies zu etwas dienlich sein könnte. Wozu hätte es gedient?
Sie sagt:
– Sie haben gesagt, daß das Zimmer dazu zwingen solle, hier zu bleiben, bei Ihnen.
Er sagt, dies treffe zu, wenn es sich um junge männliche Prostituierte handele, hier aber sei das nicht der Fall.
Er versucht nicht länger zu verstehen. Sie versucht es auch nicht länger. Sie sagt:
– Auch um, wenn die Frist abgelaufen ist, sie zu zwingen fortzugehen, Sie allein zu lassen.
– Vielleicht. Ich habe mich geirrt, ich wollte nichts.
Sie blickt ihn lange an, und mit dem Blick nimmt sie ihn, bewahrt sie ihn in sich eingeschlossen bis zum Schmerz. Er weiß, daß ihr das geschieht. Und auch, daß es ihn nichts angeht. Sie sagt:
– Sie haben vielleicht nie etwas gewollt.
Er ist plötzlich interessiert. Er fragt:
– Glauben Sie?
– Ich glaube, nie.

Er ist ein Mann, der nicht gewahr wird, wer über ihn oder den anderen spricht, wer auf die Fragen antwortet, woher sie kommen, sich seiner auch nicht gewahr wird.
– Schon möglich, nie etwas.
Er wartet, er überlegt, er sagt: Vielleicht ist es eben das, daß ich nie etwas will, nie.
Plötzlich lacht sie.
– Wir könnten zusammen fortgehen, wenn Sie mögen, auch ich will nichts.
Er lacht gleichfalls, aber auf eine unsichere und angstvolle Weise, ganz so, als ob er einer Gefahr entronnen wäre oder eine Aussicht verpaßt hätte, nach der er aber nicht verlangt hätte und die er nicht hätte ausschlagen können.
Im darauffolgenden Schweigen sagt sie es ihm plötzlich. Sie sagt ihm, daß er ihr Geliebter ist: Sie sind mein Geliebter aus dem Grund, den Sie genannt haben: daß Sie nichts wollen.
Er vollführt die brüske Bewegung, sich das Gesicht mit der Hand zu schützen. Dann fällt seine Hand herab. Und beide schlagen die Augen nieder. Sie blicken einander nicht an, vielleicht zu Boden, auf das Weiß der Laken. Sie

haben Furcht davor, daß ihre Augen einander ansehen. Sie rühren sich nicht mehr. Sie haben Angst davor, daß ihre Augen einander sehen.

Sie horcht, das kommt von den Steinhaufen und vom Strand vor dem Zimmer her. Eine ungewöhnliche Stille ist eingetreten. Sie erinnern sich, daß einen Augenblick zuvor etwa zehn Männer in der Nähe der Hauswände vorbeigegangen sind. Und nun plötzlich Pfiffe, Schreie, die Geräusche des Laufens. Er sagt: Polizei, sie haben Hunde.
Anläßlich dieses Satzes schweift sein Blick zufällig über sie. Ihrer beider Augen treffen sich während so kurzer Zeit wie, beispielsweise, des Aufglänzens des Fensterglases in der Sonne des Zimmers. Unter dem Eindruck dieses Blicks haben sich ihre Augen verbrannt, sie fliehen und verschließen sich. Im Herzen beschwichtigt sich der Aufruhr, er nähert sich dem Verstummen.

Sie hat das Gesicht abgewendet, sie hat es mit der schwarzen Seide bedeckt. Er schaut ihr dabei zu. Er sagt:

– Was Sie über die Lust mit dem Mann sagten, war eine Lüge.

Sie antwortet nicht: Sie hat gelogen.

Er schreit, er fragt, wie die Lust mit diesem Mann war.

Sie erwacht aus dem Schlaf, hält aber die Augen geschlossen. Sie wiederholt:

– Zum Sterben stark.

Er bewegt sich nicht mehr. Sein Atem stockt. Er hat die Augen geschlossen, um zu sterben. Sie betrachtet ihn. Sie weint. Sie sagt:

– Es war eine erstickende Lust.

Der Atem setzt wieder ein. Er sagt immer noch nichts. Sie sagt:

– Wie mit dir.

Er weint schluchzend. Er befriedigt seine Lust an sich selbst. Auf seine Aufforderung hin schaut sie ihm zu. Er ruft einen Mann, er sagt ihm, er solle kommen, zu ihm kommen noch in diesem Moment, da er beim bloßen Gedanken an seine Augen Lust erleben werde. Wie er ruft sie jenen Mann, sagt sie ihm, er soll kommen, sie hält sich seinem Gesicht zugewandt, seinem Mund, seinen Augen sehr nahe, im Lufthauch seiner Schreie, seiner Rufe, aber ohne ihn im geringsten zu berühren, so als ob, täte sie es, Gefahr bestände, daß sie ihn tötet.

Eines Nachts entdeckt er, daß sie durch die schwarze Seide hindurchblickt. Daß sie mit geschlossenen Augen blickt. Daß sie ohne Blick blickt. Er weckt sie, er sagt ihr, daß er Angst hat vor ihren Augen. Sie sagt, daß er vor der schwarzen Seide Angst hat, nicht vor ihren Augen. Und daß er darüber hinaus noch vor anderem Angst hat. Vor allem. Vielleicht davor.
Sie wendet sich von ihm ab, sie wendet sich zur Meerseite der Wände.
– Es ist wie mit dem den Stein durchdringenden Geräusch, man sagt, es sei das des Meers, dabei ist es das Geräusch unseres Bluts.
Sie sagt: Manchmal blicke ich Sie tatsächlich durch den schwarzen Schal an, aber nicht davon sprechen Sie. Was Sie sagen wollen, ist,

glaube ich, daß Sie nicht wissen, wann ich es tue, weil mein Gesicht für Sie zu einem ungewissen Ding geworden ist zwischen der Seide und dem Tod. Sie beginnen es zu kennen, und es hat begonnen, sich aus Ihren Augen zu verlieren.
Sie sagt: Nicht dann, wenn ich mit offenen Augen in Richtung auf Ihr Gesicht blicke, sehe ich Sie so, wie Sie es befürchten, sondern dann, wenn ich schlafe.
Sie lacht. Sie küßt ihn und lacht.
Er sagt:
– Nicht er ist es, den Sie nachts in Ihren Träumen sehen.
Das Lachen verstummt. Sie blickt ihn an, als habe sie ihn wieder vergessen. Sie sagt:
– Das stimmt, es ist noch nicht er. Es ist noch niemand Genaues. Es dauert lange, bis die wichtigen Dinge im Traum wiederkehren.
Sie fragt ihn, wie es in dieser Hinsicht mit seinen Nächten steht. Er sagt, es sei immer das gleiche. Er durchwühlt die ganze Erde auf der Suche nach jenem Geliebten. Aber ihm geht es wie ihr, nachts erscheint er noch nicht. Er fragt

sie, ob sie angefangen habe zu vergessen. Sie sagt:

– Vielleicht die Gesichtszüge, aber weder die Augen, noch die Stimme, noch den Körper.

Und er, fängt er an zu vergessen?

Nein. Er sagt: Es handelt sich um ein unveränderliches Bild, das bestehen wird bis zu Ihrem Fortgehen.

Sie liegt im Gold des gelben Lichts, sagt der Schauspieler, flach ausgestreckt, die Brüste über ihrem Körper, schön, heller Marmor.

Spräche sie, sagt der Schauspieler, so würde sie sagen: Wenn sich unsere Geschichte auf der Bühne abspielte, käme mit einemmal ein Schauspieler an den Rand des Stroms, des Lichts, ganz nahe zu Ihnen und zu mir, die ich an Ihrer Seite bin. Aber er würde nur Sie allein ansehen. Und nur für Sie allein sprechen. Er würde so sprechen, wie Sie gesprochen hätten, wenn Sie es hätten tun müssen, langsam und ohne Erregung, gewissermaßen so, als läse er Literatur vor. Aber eine Literatur, von der er ständig abgelenkt würde durch die Achtsamkeit, die er aufwenden müßte, um die Anwesenheit der Frau auf der Bühne zu ignorieren.

Das Unwetter hat sich mit dem Wind gelegt. Das Meer ist fern, die Strandgänge haben begonnen. Diesen Abend sind einige Reiter darunter.

Seitdem sie da ist, verläßt er jede Nacht das Zimmer, tritt auf die Terrasse, schaut. Manchmal geht er zum Strand hinunter.

Er bleibt dort, bis die Strandgänger verschwunden sind.

Wenn er zurückkehrt, schläft sie nicht. Er berichtet. Der Wind hat sich gelegt, und heute abend sind einige Reiter am Meer entlang vorübergekommen. Sie kennt die Reiter. Sie zieht ihnen die im Gänsemarsch vorüberkommenden Männer vor, sie gehen dorthin aus einem

Grund, der ebenso unausweichlich ist wie ihr Schicksal. Die Reiter gehören nicht zu den Strandgängern.

Sie fangen an zu weinen. Das Schluchzen bricht aus den Körpern hervor. Man könnte meinen, sie hätten getrunken. Sie ist bei ihm, fast hautnah bei ihm. Sie sind in einem Glückszustand, den sie noch nicht kannten. Dem Glück, angesichts des unbewegten Sturms beieinander zu sein. Und ebensowohl zu lachen, zu weinen. Er möchte, daß sie weint, wie er weint. Er möchte, daß das Schluchzen aus ihrem Körper hervorbricht, ohne daß sie wissen warum. Er weint, während er sie darum bittet. Man könnte meinen, er hätte getrunken. Sie weint gleichfalls und sie lacht mit ihm über seine Bitte. Er entdeckt, daß er in seinem bisherigen Leben nicht genug geweint hat. Sie mußten einander begegnen, damit es möglich wurde.
Sie sagt, daß sie einer dem anderen nicht mehr so unbekannt sind, jetzt da er vom Weinen gesprochen hat. Sie streckt sich hin.
Sie weinen, wie sie sich lieben würden. Er sagt,

das helfe ihm, ihre Gegenwart in diesem Zimmer zu ertragen, diese Vorstellung von einer Frau, die einen Mann aus der Stadt erwartet.

Während der Aufführung, würde der Schauspieler sagen, würde das Licht einmal langsam zurückgenommen und die Lesung hörte auf.
Die Schauspieler verließen die Mitte der Bühne und gingen zum Hintergrund, dorthin, wo sich Tische, Stühle, Sessel, Blumen, Zigaretten, Wasserkaraffen befänden. Zunächst würden sie sich dort untätig verhalten, sie schlössen die Augen, den Kopf auf die Lehne ihres Sessels zurückgelegt, oder sie rauchten, oder sie machten Atemübungen, oder sie tränken ein Glas Wasser.
Nachdem sie den Körper mit einem Kleidungsstück bedeckt hätten, würden sich die beiden Helden bewegungslos und schweigend verhalten wie die Schauspieler.

Sehr bald würde sich eine völlige Bewegungslosigkeit ihrer bemächtigen, der Bühne, die in blaues Licht, das milchige Blau von Zigarettenrauch in einem Halbdunkel getaucht wäre. Es würde sich um eine Pause handeln, ein Sammeln der Kräfte durch das Eintauchen in Schweigen. Es müßte scheinen, als vernähme man noch die Geschichte, obwohl sie aufgehört hätte, vorgelesen zu werden. An der Ausdehnung des Schweigens müßte man die Tragweite dieser Lesung messen, die gerade sowohl vorgenommen wie auch angehört worden ist.

Fünf Minuten lang bliebe die Bühne im Schlaf erstarrt, sie wäre von schlafenden Leuten besetzt. Und der Schlaf selbst würde zur Aufführung. Man würde eine Musik vernehmen, sie wäre klassisch, man würde sie wiedererkennen, weil sie schon vor der Aufführung und noch früher im Leben vernommen worden wäre. Sie erklänge in der Ferne, sie würde das Schweigen nicht stören, ganz im Gegenteil.

Die Rückkehr zum Spiel geschähe nach dem Wiederaufflammen des Lichts, dem Ende der Musik. Die Schauspieler kämen als Letzte zu uns zurück, sie täten es zögernd.

Auf der Terrasse. Es ist nicht kalt.
Der Himmel ist von einem dichten Dunst überzogen. Er ist heller als der Sand, als das Meer. Das Meer ist noch im Dunkel, es ist sehr nahe. Es bespült den Sand, es schlingt, es ist sanft, flußähnlich.
Er hat sie nicht kommen sehen.
Es ist eine Segeljacht, weiß. Die Decks sind erleuchtet und leer. Das Meer ist so ruhig, die Segel sind eingeholt, der Leerlauf des Motors ist sehr leise, von der Leichtigkeit eines Schlummers. Er geht über den Strand, dem Schiff entgegen. Er hat es plötzlich gewahrt, als sei es aus dem Dunkel getreten, erst als es vor ihm gewesen ist, hat er es gesehen.
Am Strand ist außer ihm niemand. Kein anderer sieht das Schiff.

Das Schiff wendet und fährt in der ganzen Länge seines Rumpfs vorüber, es ist wie eine unendliche Liebkosung, ein Adieu. Es dauert lange, bis das Schiff die Fahrrinne erreicht. Er kehrt auf die Terrasse zurück, um ihm besser mit den Augen zu folgen. Er fragt sich nicht, was das Schiff hier zu tun hat. Er weint. Nachdem es vorübergefahren ist, bleibt er noch dort, um den Verlust zu beweinen.
Der junge Ausländer mit den blauen Augen, dem schwarzen Haar ist für immer fortgegangen.
Lange danach kehrt er ins Zimmer zurück. Er wünscht plötzlich, nirgendwohin mehr zurückzukehren. Er lehnt den Körper an die Außenwand des Hauses, hält sich an den Steinen fest und glaubt, es sei möglich, nie mehr irgendwohin zurückzukehren. Er kehrt zurück.

Sobald er zur Tür hereingekommen ist, das Parfum des anderen Mannes.
Sie ist da, in ihrem eigenen Schatten, in diesen Geruch eingehüllt, der Liebhaber beraubt durch ihn.

Er streckt sich neben sie hin, mit einemmal zerschlagen, und dann rührt er sich nicht mehr. Sie schlief nicht. Sie greift nach seiner Hand. Sie wartete wohl auf ihn, wenn auch noch kaum, litt sie wohl schon, sie hält seine Hand fest. Er läßt sie ihr. Seit einigen Tagen zieht sich seine Hand nicht zurück, wenn sie sie nimmt. Sie sagt, sie habe gedacht, daß er auf der Terrasse sei, daß er sich nicht, wie in der Nacht zuvor, weit vom Haus entfernt habe. Sie sagt, daß sie ihn diese Nacht nicht gesucht hätte, sie hätte ihn gehen lassen, ebensogut sterben lassen, sie sagt nicht warum. Er versucht nicht zu verstehen, was sie sagt, er antwortet nicht. Er bleibt lange wach. Sie sieht ihn im Zimmer herumgehen, er versucht zu fliehen, zu sterben. Er hat sie vergessen. Sie weiß es. Als sie das Zimmer verläßt, ist er auf dem bloßen Fußboden eingeschlafen.

Spräche sie, sagt der Schauspieler, so würde sie sagen: Wenn sich unsere Geschichte auf der Bühne abspielte, so träte ein Schauspieler an den Rand der Bühne, an den Rand des Lichtstroms, ganz nahe zu Ihnen und zu mir, er wäre weiß gekleidet, er wäre von konzentrierter Aufmerksamkeit, wäre im höchsten Maße an sich selbst interessiert, zum Saal wie zu sich selbst hin gespannt. Er würde sich als der Mann der Geschichte zeigen, der Mann gewissermaßen in seiner zentralen Abwesenheit, seiner irreversiblen Äußerlichkeit. Er würde, wie Sie zu tun neigen, zum Äußeren der Wände blicken, als ob dies möglich wäre, in Richtung zum Verrat.

Er ist auf der Terrasse. Es fängt noch kaum an zu tagen.
Am Ufer des Meeres die Strandgänger.
Er hat ihr nichts vom weißen Schiff gesagt.
Die Strandgänger rufen mit schriller Stimme kurze Wörter, die Wörter werden von manchen wiederholt, dann fallengelassen, Warnungen zweifellos, Vorsichtsanweisungen. Die Polizei macht Kontrollgänge.

Nach dem Rufen bleibt nur der dumpfe Lärm der Nacht übrig.
Er kehrt ins Zimmer zurück. Sie war dort, hinter der Dicke der Wände. Jedesmal, wenn er vom Meer zurückkehrt, vergißt er nahezu ihre Existenz.
Von fern, im Schlaf hat sie hören müssen, daß die Tür geöffnet wurde, das Hereinstürzen des dumpfen Lärms. Jetzt muß sie hören, daß die Tür sehr leise geschlossen wird, dann, daß jemand geht, das Geräusch der Schritte über den Boden, und daß sich jemand längs der Wand hinsetzt, muß sie auch vernehmen. Eine leichte Kurzatmigkeit infolge der Anstrengung. Dann nichts mehr als dieser gleiche dumpfe, von den Wänden gedämpfte Lärm der Stadt.
Vielleicht schläft sie nicht. Er will sie nicht wekken, er hindert sich daran, es zu tun, er betrachtet sie. Das Gesicht ist in Sicherheit, unter der schwarzen Seide. Nur der nackte Körper ist im gelben Licht, gepeinigt.

Manchmal, ungefähr um diese Stunde, tritt mit der Helle das Unglück ein. Er entdeckt sie unter

dem gelben Licht, und er will diesen Körper schlagen, der dort einen falschen Schlaf schläft, der weiß, wie er es anstellt, um nicht zu gehorchen, das Geld zu stehlen.
Er nähert sich ihr, er betrachtet die Stelle des Satzes, der veranlassen würde, daß er sie tötet, dort unterhalb des Halses, in den Geflechten des Herzens.
Der Satz würde sich auf das Schiff beziehen, welchen Sinn er auch besäße, er würde den Tod herbeirufen.
Er legt sich neben sie hin. Die schwarze Seide ist auf die Schulter geglitten. Die Augen öffnen sich, die Augen schließen sich wieder, sie schläft wieder ein. Die Augen öffnen sich blind, bleiben einen langen Augenblick offen, doch umsonst, um sich wiederum zu schließen und die Reise in den Tod wieder aufzunehmen.
Und dann, am Ende der Nacht, sind die Augen offen geblieben.
Sie sagt nicht den Satz, auf den er wartet, um sie zu töten. Sie richtet sich auf, sie lauscht. Sie fragt: Was ist das, was man da hört?
Er sagt, daß es das Tosen des Meers und das des

Windes ist, die aufeinanderprallen, daß es der Widerhall ist von noch nie gehörten menschlichen Dingen, Lachen, Schreie, Rufe, die von einem Rande der Zeit zum andern geworfen wurden, als niemand etwas wußte, und die in der heutigen Nacht den Strand hier vor dem Zimmer erreicht haben.
Diese Geschichte interessiert sie nicht. Sie schläft wieder ein.
Offenbar hat sie das Schiff nicht gesehen. Sie hat sein Geräusch nicht gehört. Sie ahnt nichts vom Schiff, ganz einfach, weil sie schlief, als es vorüberfuhr. Soviel Unschuld bewegt ihn dazu, ihre Hand zu nehmen und zu küssen.
Sie ahnt nicht, daß sie zu derjenigen geworden ist, die nichts vom Schiff weiß. Jedoch ist sie bereits gewarnt vor etwas von diesem Einbruch des Schiffs in ihrer beider Leben. Zum Beispiel schaut sie ihre Hand nicht an, als er sie küßt.

In dieser Nacht wird sie gleich nach der Ankunft einschlafen.
Er wird ihren Schlaf nicht belangen, er wird ihn geschehen lassen. Er wird sie nicht fragen, ob

sie den Mann aus der Stadt ein weiteres Mal gesehen hat, er weiß, daß sie ihn wiedergesehen hat. Immer ist es aufgrund bestimmter Beweise, der Frische bestimmter Striemen auf ihren Brüsten, ihren Armen, daß er es weiß, aufgrund des Alterns ihres Gesichts, ihres traumlosen Schlafs, ihrer Blässe. Dieser unüberwindlichen Müdigkeit am Ende der Nacht, dieser Trostlosigkeit, dieser sexuellen Traurigkeit, die machen, daß die Augen alles von der Welt gesehen haben.

Er hat die Tür offengelassen. Sie schlief, er ist fortgegangen, durch die Stadt, über die Strände, den Jachthafen auf der Seite der Steine. Mitten in der Nacht kehrt er zurück.

Sie ist da, aufrecht an der Wand, dem gelben Licht fern, fertig angekleidet, um fortzugehen.

Sie weint. Sie kann nicht aufhören zu weinen.

Er sagt: Ich habe Sie in der Stadt gesucht.

Sie hat Angst gehabt. Sie hat ihn bereits tot geglaubt. Sie will nicht mehr ins Zimmer kommen.

Er geht zu ihr hin, er wartet. Er läßt sie weinen,

so als wäre nicht er die Ursache ihrer Tränen.
Sie sagt: Selbst von jenen Schmerzen, von den Lieben, über die Sie sagen, sie töten Sie, wissen Sie nichts. Sie sagt: Wissen bei Ihnen bedeutet, überhaupt nichts zu wissen. Sogar von Ihnen selbst wissen Sie nichts, nicht einmal, daß Sie schläfrig sind oder frieren.
Er sagt: Es ist wahr, ich weiß nichts.
Sie wiederholt: Sie wissen nicht. Wissen so wie Sie, heißt, in die Stadt gehen und stets glauben, man kehrt zurück. Das heißt, Tote machen und vergessen.
Er sagt: Es ist wahr, was die Toten betrifft.
Er sagt: Jetzt ertrage ich Ihre Anwesenheit im Zimmer selbst dann, wenn Sie schreien.
Lange bleiben sie dort und schweigen, während der Tag kommt und mit ihm die durchdringende Kälte. Sie decken sich mit den Laken zu.

Sie sagt ihm, daß der andere Mann ihr auch über das Zimmer Fragen stellt. Sie sagt: Ich tue es deshalb auch, ich frage ihn, woher es kommt, daß Sie so wenig über sich selbst wissen. Daß Sie in diesem Grad nicht wissen, was

Sie tun und warum Sie es tun. Warum Sie mich in dieses Zimmer gesteckt haben. Warum Sie mich töten wollen, obwohl Sie bei dem Gedanken solche Angst haben. Er hat mir gesagt, das sei nichts, jeder sei mehr oder weniger wie Sie. Die einzige schwerwiegende Sache sei ich Ihnen gegenüber.

Sie hatte ihm gesagt, daß sie auch solche Männer begehren könne, daß ihre Begierde nach ihnen geringer sei als nach anderen Männern, daß aber die Liebe vielleicht ausschließlicher wäre, reiner, sicherer vor den anderen Begierden, vor den Täuschungen der Zufallsbekanntschaften. Daß dieses Unglück, abzustoßen, in manchen Lebenssituationen verständlich würde, und gerade denen der Leidenschaft, in die sie in diesem Sommer mitgerissen worden sei.

Der Zorn ist verraucht. Ihre Hände heben sich zu seinem Gesicht und streicheln es. Sie hat die schwarze Seide des Friedens wieder über sich gelegt. Sie sagt:

– Wenn Sie nicht zurückgekommen wären, wäre ich wieder nachts zu den Steinhaufenleuten gegangen, um bei ihnen zu sein, hinzugehen, ohne es zu wissen, ebenso zurückzukehren. Zu sehen, wie sie ihre Rute in die Hand des kleinen Mädchens legen und mit geschlossenen Augen weinen.

Sie sagt:
– Nichts, was von außen kommt, kann Sie oder mich belehren.
– Kein Wissen, kein Nichtwissen?
– Keines. Es gibt solche verschlossenen Leute, die von niemandem lernen können. Wir zum Beispiel, wir können überhaupt nichts lernen, weder ich von Ihnen, noch Sie von mir, noch von irgend jemandem, noch von irgend etwas, noch von den Ereignissen. Starrköpfe.
Welche Zahl der Jahrhunderte auch das Vergessen ihrer Existenz einst zudecken wird, jene Ignoranz wird bestanden haben, so wie sie da ist, in diesem Augenblick, zu diesem Datum, in diesem kalten Licht. Das entdecken sie und sind darüber begeistert.
Und auch darüber, daß es in tausend Jahren auf den Tag genau tausend Jahre her sein wird, daß

dieser Tag hier existiert hat. Daß diese Ahnungslosigkeit der ganzen Welt bezüglich dessen, was sie gesagt haben, datiert sein wird. Ohne Worte, ohne Tinte, um es aufzuschreiben, ohne Buch, um es zu lesen, datiert. Auch darüber sind sie begeistert.
Sie sagt: Somit ist alles, was es gibt, da, hier im Zimmer. Sie weist mit der flachen Hand auf den Fliesenboden, die Laken, das Licht, die Körper.

Sie liegt in einem jugendlichen, einem eigensinnigen, herrscherlichen Schlaf.
Sie ist zu der geworden, die nicht weiß, daß das Schiff vorübergefahren ist.
Er denkt: Wie mein Kind.
Manchmal nimmt er die schwarze Seide vom Gesicht weg. Kaum daß der Körper sich bewegt, der zwar weiß, daß er dies tut, aber sich vom Gewicht des Schlafs nicht befreien kann.
Auf dem Gesicht die fast verschwundenen Sprenkel der Sommersprossen. Er schaut. Er schaut genau, wie jeden Abend. Manchmal schließt er die Augen, um das Bild wegzurük-

ken, es in der Urlaubsphotographie mit anderen als ihm erstarren zu lassen. Doch zweifellos ist es schon zu spät, um es aus dem Leben neben ihm zu isolieren.

Im Zimmer allein die geschmeidige lange Hülle der weißen Laken. Von ihr abgesondert die Gestalt der Fremden, die am Boden sitzt, den Kopf auf die angewinkelten Arme legt. Die Arme verbergen die Augen. Neben ihr seine Gestalt, hingestreckt, den Laken, ihr ferngehalten. Bis zum Tag verharren sie so zwischen Weinen, Schlaf, Lachen und wiederum Weinen, dem Leben, dem Tod.

Sie sagt: Diese Schwierigkeit, die Sie haben, ist immer in meinem Leben gewesen, eingegraben in der Tiefe meiner Lust mit den anderen Männern.

Er fragt sie, wovon sie redet. Sie spricht von jener Unmöglichkeit, von dem Abscheu, den sie ihm einflößt. Sie sagt, daß sie den Abscheu vor sich selbst mit ihm teilt. Und darauf sagt sie nein, es ist nicht Abscheu. Nein, der Abscheu ist erfunden.

Sie glaubt, daß es die Sache ist, die im Zimmer geschehen ist, wie sie anderswo geschehen wäre, dieses universelle Erlebnis, das sie nicht haben können, nie haben werden, das durch Ähnlichkeit mit anderen Dingen verborgen wäre, aber so gründlich, daß niemand mit völliger Sicherheit seine Existenz als allgemeine Gegebenheit des Menschen hätte isolieren können.
Aller Menschen? fragt er.
Aller. Sie fügt hinzu: Sie haben recht.
Er hat sich in die Lache der weißen Laken in der Mitte des Zimmers gelegt. Nun schaut sie ihn an. Sie ruft ihn. Sie weinen. Die Ruhe zieht wieder ein über dem Meer, im Zimmer. Sie sagt, sie liebe ihn über ihn selbst hinaus, er brauche keine Angst zu haben.

Er fragt sie, ob sie den Mann aus der Stadt wiedergesehen habe.
Sie hat ihn wiedergesehen.
Das ist ein Mann, der die spät am Nachmittag öffnenden Bars besucht, sie haben keine Fenster, die Türen sind geschlossen, man muß an-

klopfen, um eintreten zu können. Das ist, was sie von dem Mann weiß, daß er reich sein muß und daß auch er nicht arbeitet. Sie gehen ins Zimmer im Obergeschoß, in das, was für die Männer unter sich reserviert ist.

Manchesmal auch geht sie in ein Zimmer, das er in einem Hotel gemietet hat. Sie bleibt dort bis zum Abend und kehrt, wenn die Nacht vorüber ist, dorthin zurück. Sie teilt ihm mit, daß sie im Hotel, wo sie gewöhnlich den Sommer über wohnt, gekündigt hat, daß es zu viele verschiedene Orte geworden waren. Sie sagt:

– Zuletzt habe ich sie verwechselt.

Er lacht nicht.

Sie hat die schwarze Seide abgenommen. Sie betrachten ihren Körper. Sie hat vergessen, daß es der Ihre ist, sie betrachtet ihn auf die gleiche Weise wie er.

Er stellt Fragen über den anderen Mann.

Sie sagt, daß er auch schlägt. Sie betrachten die Stellen ihres Körpers, auf die der andere Mann eingeschlagen hat. Sie sagt, er liebe und beschimpfe sie mit denselben Worten, daß es oft so ist bei den Männern, daß sie es von ihnen verlangt. Aber daß es nicht oft mit solcher Ähnlichkeit geschieht. Sie sagt: Zwischen dir und ihm. Er verlangt, sie soll die Schimpfwörter wiederholen. Sie tut es. Ihre Stimme bemüht sich, neutral, objektiv zu klingen. Er fragt, was der Mann sonst noch sagt. Sie wiederholt:

– Er sagt, nichts sei vergleichbar. Im einzelnen und insgesamt.

Er fragt, worüber er denn spreche. Sie sagt: Über die innere Sache. Das glaubt er, er glaubt, darüber zu sprechen. Er, der Mann aus der Stadt, er nennt diese innere Sache den Ort des Genusses. Er dringt mit viel Kenntnis und Wahnsinn ein, er liebt die Lust. Er liebt es auch zu lieben, bis zum Wahnsinn ebenfalls. Es ist möglich, daß er für sie ein gewisses Gefühl hegt, ein leichtes und flüchtiges, aber er verwechselt es nicht mit dem Verlangen nach ihrem Körper. Nie spricht er davon. Statt dessen sagt er, er habe immer Angst um ihre Schönheit in diesem Zimmer ohne Sonne, von dem sie ihm erzähle, daß sie dort das sagenhafte, sagt er, Blau ihrer Augen, die Zartheit ihrer Haut einbüße. Sie sagt, daß er sie manchmal seinetwegen, wegen des Mannes, der sie im Zimmer erwartet, schlägt. Aber daß er aus Lust zu genießen schlägt, aus Lust zu töten, wie es natürlich ist. Sie weiß, daß er zu den Steinhaufen geht. Sie sagt, daß er sich in diesem Augenblick mit ihrer Geschichte beschäftigt, daß er zu den Steinhaufen geht, um dort kleine Mädchen zu finden, die seine Rute in die Hand nehmen. Sie sagt: So lädt er sich mit Schmerz auf, um mich abends im Hotelzimmer zu nehmen.

Sie sagt, es wäre ihr sehr recht, wenn er ihr seinerseits von den Dingen erzählte, die er erlebt. Er sagt, er erlebt nichts. Nie. Außer der Vorstellung. Sie sagt, das sei das gleiche. Er antwortet nicht, er vermag nicht zu antworten.
Dieser Mann sagt, der geniale Kopf ist das, was den Genuß bewirkt, ohne ihn vermag der Körper es nicht.
Sie sagt, sie schenke ihm alles, was sie ihm gerade erzählt hat, damit er des Nachts, wenn er allein ist, damit macht, was er will.
Sie sagt, daß es sich mit den Schimpfwörtern, die jener Mann manchen Frauen gegenüber

gebraucht, wie mit einer tiefen Kultur verhält.
Er fragt sie, was sie vorziehe, er sagt nicht, was und wem. Sie sagt:
– Die Wiederholung des Schimpfworts in genau dem Augenblick, da es zum erstenmal ausgestoßen worden ist, wenn die Brutalität in Erscheinung tritt, ohne daß man schon wüßte, wie sie sein wird.

Sie schaltet im Zimmer die Lampen ein. Und sie legt sich unaufgefordert ins Zentrum des Lichts, in die Laken, die sie mitgeschleift hat. Sie streckt sich aus, bedeckt ihr Gesicht. Zunächst schweigt sie. Dann redet sie. Sie sagt:
– Wir wissen nichts, Sie so wenig wie ich. Was wir wissen, ist, daß diese Differenz, dieser Widerstand, den Sie mir gegenüber empfinden, da ist, um eine Sache zu verbergen, die sich auf das Leben bezieht.

Eines Abends, würde der Schauspieler sagen, am Rand der Bühne, des Stroms, würde sie sagen: Es könnte so etwas wie ein Schichtwechsel beim Schauspieler-Team stattfinden, wie beim Kasinopersonal, der U-Bootmannschaft, den Fabrikarbeitern. Diese Gleitzeit der Schauspieler vollzöge sich in einer schweigenden leichten Bewegung. Die neuen Schauspieler wären gleichsam während des Nachmittags eingetroffen, sie wären noch nie gesehen worden, und alle würden sie dem Mann, dem Helden ähnlich sein.

Sie würden bis zu ihr hin gehen, bis zu ihrem, wie jetzt, in den Laken daliegenden Körper, dessen Gesicht unter der schwarzen Seide verborgen wäre. Und sie, sie hätte ihn verloren, sie würde ihn nicht wiedererkennen in diesen neuen Schauspielern und wäre verzweifelt darüber. Sie würde sagen: Sie kommen einer allgemeinen Idee vom Mann sehr nahe, darum sind Sie unvergeßlich, darum bringen Sie mich zum Weinen.

Er schläft.
Er überläßt sich dem Schlaf unbedenklicher seit einigen Tagen. Das Mißtrauen ist weniger groß. In den ersten Tagen ist er oft in das verschlossene Haus schlafen gegangen. Wenn er jetzt von der Terrasse kommt, schläft er manchmal vor ihr, schreit nicht, wenn sie sich ihm nähert.
Er wird wach. Er sagt, wie um sich zu entschuldigen:
– Ich bin so müde, als ob ich im Sterben läge.
Sie sagt, daß es nichts zu bedeuten habe, daß nachts zu leben eben müde mache, daß er früher oder später wieder ans Tageslicht gehen, die Nachtstunden verringern müsse.
Er schaut sie an, er sagt:
– Sie haben den schwarzen Schal nicht übergelegt.
Nein, sie legt ihn nicht über, um ihn, während er schläft, betrachten zu können.
Sie streckt sich neben ihn hin. Beide sind wach. Nichts rührt aneinander, nicht einmal die Finger. Er fordert sie auf zu sagen, wie die Rute des Mannes bei den Steinhaufen war. Sie sagt, daß

sie einem groben häßlichen Ding vom Anfang der Welt glich, daß sie im Zustand der Erregung versteint war, voll und hart, quälend wie eine Wunde. Er fragt sie, ob die Erinnerung schmerzlich sei. Sie sagt, daß sie aus einem sehr heftigen Schmerz bestand, der aber von der Lust verschleiert und von deren Strom mitgerissen, seinerseits zur Lust geworden wäre. Aber abgesondert und andersartig.

Er wartet, bis sie schläft. Er nähert seinen Körper dem ihren, legt ihn an ihren. Bleibt so liegen. Sie öffnet die Augen, erkennt ihn und schläft wieder ein. Sie weiß, daß er sie oft nachts betrachtet, um sich an sie zu gewöhnen. Hauptsächlich wenn sie vom Treffen mit dem Mann aus der Stadt zurück ist und erschöpft schläft.

Ihr ihn berührender Körper hat eine linde Wärme. Er bleibt dicht bei ihr liegen, sein Körper an ihrem, unbeweglich in seiner Wohltat. Die Wärme wird gemeinsam, die Haut, das innere Leben.

Er ist ein Mann, der sich nicht fragt, warum er heute abend diesen Körper so nahe an seinem ertragen kann. Der sich nie nach dem Grund seines Zustands fragt, der zu werden, zu schlafen erwartet, wie er die Nacht, den Tag, die Lust erwartet. Der plötzlich auf ihr ist, vielleicht ohne es beschlossen zu haben, von sich selbst abgelenkt, außerhalb seiner Mauern.
Er wird sich umdrehen. Er wird seinen Körper mit ihrem bedecken, er wird ihn an sich ziehen, in die Achse seines Körpers, und langsam wird er in den heißen Schlamm der Mitte einsinken.
Dort bleibt er, ohne sich zu bewegen. Er wird auf sein Schicksal warten, das Wollen seines Körpers. Solange wie nötig wird er warten.
Kaum denkt er daran, da kommt der Gedanke zum Ausbruch, brutal, in einem Todesschrei. Sie hört auf. Während des langsamen Zurücksinkens ihres Körpers längs des seinen erfolgt der Schrei, sehr kurz, von der Wut angehalten, von ihr erwürgt.
Er wird liegen bleiben. Dann wird er sich für

immer zur Wand umdrehen. Er wird wieder Beschimpfungen ausstoßen. Er wird nicht weinen.

Sie bleibt im gelben Licht liegen, sie blickt ihn nicht an, sie hat ihn vergessen. Lange schweigen sie.
Er sagt, an ihr sei es zu sagen, warum es nicht möglich ist.
Sie, sie weiß nicht mehr, wie es möglich ist. Sie sagt, daß sie nach keinem Mann mehr Verlangen hat, daß sie in Ruhe gelassen werden will.
Er sagt: Vielleicht ist es dieser Ort, dieses Zimmer, das sie ihm gestohlen hat.
Nein, es ist nicht das Zimmer, sie glaubt es nicht. Es ist Gott, glaubt sie. Der die Konzentrationslager macht, die Kriege. Sie sagt: Es muß fallen gelassen werden.
Sie ruft ihn, sie weint.

Sie steht auf. Sie geht im Zimmer umher.
Sie sagt, vielleicht sei es das Meer, das sich nie von ihnen zurückzieht, das unablässig da ist

mit seinem Getöse, so nah manchmal, daß es zum Davonlaufen ist, es sei dieses entfärbte, unheilvolle Licht, die Langsamkeit, mit der die Helle den Himmel einnimmt, ihrer beider Zurückbleiben gegenüber der übrigen Welt durch diese Liebe.

Sie sieht sich im Zimmer um, sie fängt an zu weinen. Wegen dieser Liebe, sagt sie. Sie hält wieder inne. Sie sagt, es sei schrecklich, so zu leben, wie sie leben. Sie redet ihn plötzlich an. Sie schreit, man könne im Haus nichts lesen, nicht einmal das gebe es, etwas zu lesen, alles habe er weggeworfen, die Bücher, die Zeitschriften, die Zeitungen, es gebe weder Fernsehen noch Radio mehr, man wisse nicht, was auf der Welt vorgeht, nicht einmal, was in der eigenen nächsten Umgebung vorgeht, wisse man mehr. Besser als so zu leben, wie sie leben, sei es zu sterben. Sie bleibt wieder vor ihm stehen, sie blickt ihn an, sie weint, sie wiederholt: Wegen dieser Liebe, die alles eingenommen hat und die unmöglich ist.

Sie hält inne. Er hat ihr zugehört. Er lacht nicht. Er fragt:

– Wovon reden Sie?
Sie ist verwirrt, sie sagt:
– Ich habe unbedacht dahergeredet, ich bin sehr müde.
Sie sagt: Ich habe mir die Frage nie gestellt.
Er ist aufgestanden. Er hebt sie zu sich auf. Er küßt ihren Mund. Die Begierde, in der Niederlage, rasend, so daß sie zittern.
Sie trennen sich. Er sagt:
– In solchem Maße kannte ich es nicht.
Sie bleiben im Zimmer stehen mit geschlossenen Augen, sprachlos.

Zu einer bestimmten Stunde der Nacht sind im Umkreis des Hauses alle Geräusche erstorben. Bei Ebbe, bei dieser Entfernung vom Zimmer hört man nur in Abständen das Klatschen der Brandung ohne den geringsten Widerhall. In dieser Ruhepause gibt es weder Hundegebell noch Lastwagengeratter mehr. Nach den letzten Strandgängen, beim Herannahen des Tages entleeren sich die Stunden aller Substanz, bis sie zu nackten Räumen, zu Sandwüsten lediglich des Durchgangs werden. Die Erinnerung

an den Kuß ist dann sehr stark, glüht ihnen im Blut, macht, daß sie nicht sprechen, nicht sprechen können.
Zu dieser Stunde der Nacht bewegt sie sich gewöhnlich. Heute nicht, zweifellos fürchtet sie die Nähe des Tags und die Ruhe, die sie begleitet.
Der Kuß ist der Genuß geworden. Er hat stattgefunden. Er hat spielend den Tod, das Grauen des Gedankens überwunden. Er ist von keinem weiteren mehr gefolgt worden. Er erfüllt das Verlangen völlig, er allein ist seine Wüste und seine Unermeßlichkeit, sein Geist und sein Leib.
Sie liegt in der weißen Lache der Laken in Reichweite seiner Hand, ihr Gesicht ist bloß. Der Kuß bringt ihre Körper einander näher als die Blöße, das Zimmer.
Nun wacht sie auf. Sie sagt:
– Sie waren da.
Sie blickt um sich, betrachtet das Zimmer, die Tür, sein Gesicht, seinen Körper.
Sie fragt ihn, ob ihm in dieser Nacht wieder der Gedanke gekommen ist, sie zu töten. Er sagt:

– Der Gedanke ist mir wieder gekommen, aber so wie der Gedanke zu lieben.
Vom Kuß werden sie nicht sprechen.

Sie liegt im ersten Schlaf.
Er geht hinaus, er geht in die Gegenrichtung der Steinhaufen, an den großen Hotels entlang, die den Strand säumen.
Er ist nie dahin zurückgekehrt. In der Befürchtung zweifellos, von Zeugen als der wirkliche Anstifter eines Skandals – dies glaubt er jetzt – wiedererkannt zu werden, eines Skandals, der sich dort an jenem Sommerabend ereignet hatte. Er findet die Stelle, wo er am offenen Fenster stand, gegenüber der des jungen Ausländers mit den blauen Augen, dem schwarzen Haar. Alle Seiten der Halle sind geschlossen. Die Möbel sind englisch. Dunkle Mahagonitische, Mahagonisessel. Viele untergestellte Blumen in dieser vor Lärm und Wind geschützten Ruhe. Er kann sich den Geruch der eingeschlossenen Blumen gut vorstellen, den Geruch einer jetzt eingefrorenen Sonnenwärme.
Hinter den großen Glasscheiben in dem glei-

chen Schweigen der bewegte Himmel, das Meer.
Er begehrt sie, sie, die Frau aus dem Café am Meer. Er hat sie seit jenem Abend nicht mehr geküßt. Dieser Kuß ihrer Münder hat sich in seinen ganzen Körper ergossen. Er ist völlig in ihm zurückgehalten, wie ein absolutes Geheimnis, ein Glück, das geopfert werden muß aus Angst, aus Angst, es könne Zukunft haben. Der Gedanke an den Kuß ist es, der zum Gedanken an den Tod führt. Er könnte die Halle öffnen und dort, in der lauen Treibhauswärme auf irgendeine Weise sterben oder schlafen.

Als er zurückkehrt, ist sie da, auf ihrem Platz ausgestreckt.
Sie schaut zu ihm hin, ohne ihn zu sehen, mit leerem Blick. Sie ist von einem Zorn erfaßt, den er nicht an ihr kennt, einem gedämpften, bösen Zorn. Sie sagt:
– Sie möchten über die Gottesidee wie über eine Ware verfügen, sie, diese grelle, alte, überallhin verbreiten, so als ob Gott Ihrer Dienste bedürfte.

Er antwortet nicht. Er ist ein Mann, der nicht antwortet.
Sie fährt fort: Wenn Sie weinen, weinen Sie darüber, Gott nicht aufzwingen zu können. Gott nicht stehlen und vermitteln zu können.
Der Zorn, die Lüge verraucht. Sie streckt sich aus, deckt ihren Körper mit den Laken und ihr Gesicht mit der schwarzen Seide wieder zu. Weinend sagt sie:
– Es ist wahr, auch von Gott sprechen Sie nie.
Sie sagt: Gott, das ist dieses Gesetz, das Gesetz von jeher und überall, es ist nicht nötig, ihn nachts am Meer suchen zu gehen.
Sie weint. Es ist ein Zustand tiefen und mutlosen Leidens, das nicht schmerzt, das sich eher weinen als sagen läßt, das mit einem gewissen Glück zusammengehen kann. Und von dem er weiß, daß er es nie wird erreichen können.

Sie weckt ihn.
Sie sagt, sie sei im Begriff, wahnsinnig zu werden.
Sie sagt: Sie haben geschlafen, alles war ruhig. Ich habe Ihr Gesicht betrachtet und was darauf

vorging, als Sie schliefen. Ich habe gesehen, daß Sie von einem Entsetzen ins nächste fielen, die ganze Nacht lang.

Die Augen zur Wand wendend, spricht sie. Sie richtet sich nicht an ihn. Neben ihm, ist sie trotzdem außerhalb seiner Anwesenheit. Sie sagt: Im Gewebe des Universums, an der Stelle der kleinen Fläche Ihres Gesichts ist unversehens eine plötzliche Schwäche des Einschlags entstanden, kaum merklich, kaum das Hängenbleiben eines Nagels an einem Seidenfaden. Sie sagt, ihr Wahnsinn komme vielleicht daher, daß sie in der vergangenen Nacht, während er schlief – gleichzeitig mit diesem Unterschied der Bestimmung zwischen diesem Gesicht und der Gesamtheit des Universums – die Gleichheit des ihnen beiden bestimmten Schicksals gewahrt habe, nämlich, daß sie zusammen von der Bewegung der Zeit mitgerissen und auf die gleiche Weise zerrieben würden und das bis zum wiedererlangten glatten Einschlag des Universums.

Doch zweifellos irrt sie sich, sie weiß nicht mehr, wovon sie redet, wenn sie über ihn redet, über das Gefühl, das sie für ihn hat. Die Sache, deren sie sich sicher ist, ist, daß Vorsicht geboten ist während der Stunden, die dem Sonnenaufgang vorausgehen, nach den letzten Strandgängern, wenn die Nacht schwarz ist.

Als es noch völlig dunkel ist, weckt sie ihn, sie sagt, sie hat vergessen, ihm folgendes zu sagen, sie erzählt: Sie kennt die Meerufer gut, weil sie sie ihr ganzes Leben gesehen hat, sie kannte auch dieses Zimmer, sie hatte es gesehen, es war ein verschlossenes Haus mit einem zerbrochenen Fenster. Es hieß, früher hätten Frauen in diesem Haus gewohnt, im Sommer wären sie mit den Kindern auf der Terrasse gewesen. Sie aber, sie hatte die Frauen und die Kinder nie gesehen; so weit sie zurückdenken kann, war niemand mehr in dem Haus gewesen. Dann, eines Tags, hatte dort Licht gebrannt. Sie wollte ihm das vor langem schon sagen, sie hatte es vergessen.

Er fragt sie, ob sie es gewesen ist, die an manchen Abenden an die Tür geklopft hat.

Vielleicht ja. Manchmal tat sie das an bestimmten Häusern, aber nur wenn Licht brannte und wenn sie wußte, daß sie von einzelnen Männern bewohnt waren.
Ob sie es gewesen ist, die an einem Abend in diesem Sommer an diese Tür da geklopft hat? Er war nicht öffnen gegangen. Er macht nicht auf, wenn er niemanden erwartet. Er stellt das Telefon ab, und er macht nicht auf. Ist es möglich, daß sie in diesem Sommer gekommen ist? Sie erinnert sich nicht genau, ob sie gekommen ist, jetzt, da sie ihn kennt, scheint ihr, sie hätte es tun sollen. Begründeterweise nicht, sie hätte Licht durch die Fensterscheiben gewahren müssen, doch auch ohne Licht hätte sie es einige Male tun können.
Er sagt, daß er manchmal, wenn er niemanden erwartet, die Nacht ins Haus einkehren läßt, kein Licht macht. Das, um zu erfahren, was in einem leeren Haus plötzlich erscheinen kann. Sie sagt: Ich eben.

Sie schlägt die Augen auf, schließt sie, sie sagt: Wie lange wir geschlafen haben.

Mit der Hand streichelt sie sein Gesicht, dann fällt die Hand schläfrig wieder herab. Ihre Augen schließen sich wieder.
Sie sagt:
– Diesen Abend war ich mit jenem Mann zusammen. Ich bin zu ihm in das Zimmer über der Bar gegangen. Ich habe ihn gebeten, mit mir zu machen, was wir gemacht hätten, wenn der Tod unseren Geist nicht eingenommen hätte.
Im Zimmer hat er sich ihr genähert. Er streckt sich neben sie hin. Sie zittert, sie spricht mit Mühe. Jedesmal, wenn sie zu sprechen aufhört, weint sie. Sie sagt:
– Ich habe den Mann gebeten, mich eine ganze Weile neben sich schlafen zu lassen. Ich habe ihn gebeten, bestimmte Dinge an mir zu machen, aber damit erst anzufangen, wenn ich schlafe, und nur ganz sachte, ganz sachte.
Sie setzt von neuem an.:
– Ich habe ihn gebeten, die Worte zu mir zu sagen und die Dinge zu machen, die ich ihm sagen würde, sie aber sehr leicht, sehr lange zu sagen und zu machen, auf solche Weise, daß ich nicht

aus dem Schlaf erwache. Ich habe ihm gesagt, welche Dinge, welche Worte.

Ich habe ihm auch gesagt, er solle sich nicht darum kümmern zu erfahren, ob ich trotz seines Bemühens, mich nicht aufzuwecken, aufwache. Weil in diesem Fall der Entzug sich so langsam ankündigen würde, daß es wie bei einer endlosen, wunderbaren Agonie gewesen wäre.

Er hat getan, worum ich ihn bat. Langsam, lange. Dann plötzlich habe ich seine Stimme gehört, ich habe mich erinnert, seine Hand hat meine Haut verbrannt, zuerst noch kaum, in Abständen, dann unablässig, seine Hand hat meinen Körper in Flammen gesetzt.

Er hat gesagt, daß meine Lider geflattert hätten, als ob meine Augen sich öffnen wollten, aber die Kraft dazu nicht hätten. Und daß aus der Tiefe meines Leibes eine dicke und trübe Flüssigkeit ausgetreten wäre, warm wie das Blut. Daß ich, als meine Beine sich geöffnet hätten, um ihn in diese Tiefe einzulassen, daß ich da erwacht wäre. Daß er das Eindringen bis ans Ende der Tiefe sehr langsam vollzogen hätte,

um ohne zu versagen dorthin zu gelangen. Daß er vor Angst schrie. Am Ende der Tiefe hätte er sehr lange gewartet, daß der Drang sich legte.
Sie sagt:
– Ich habe nicht so lange warten wollen, wie er es wünschte. Ich habe ihn aufgefordert, es schnell und heftig zu machen. Wir haben aufgehört zu sprechen. Die Lust ist vom Himmel gekommen, wir haben sie genommen, sie hat uns aufgehoben, sie hat uns für immer dahingerafft, und dann ist sie erloschen.

Im Zimmer sind die Körper in die Weiße der Laken zurückgesunken. Die geschlossenen Augen haben sich im Gesicht versiegelt.
Dann haben sie sich geöffnet.
Dann haben sie sich abermals geschlossen.
Alles war getan. Um sie herum das Zimmer zerstört.

So waren sie liegengeblieben, mit geschlossenen Augen, lange, entsetzt.
Zuerst hatten sie sich einer vom anderen ferngehalten, und dann hatten sich ihre Hände wiedergefunden in dem Untergang, zitternd noch,

und waren beieinander geblieben während der Dauer ihres Schlafs.
Beim Erwachen noch einmal beide in Tränen, der abgewandte Blick, die Scham.

Lange waren sie einer vom anderen abgesondert liegengeblieben und hatten geweint. Und dann waren sie, ohne zu weinen und ohne sich zu rühren, ebensolange liegengeblieben.
Und dann hatte sie ihn gefragt, ob dieses Halbdunkel der kommende Tag sei. Er hatte ihr gesagt, es sei zweifellos der Tag, aber zu dieser Zeit des Jahres käme er so zögernd, daß man dessen nicht sicher sein könne.
Sie fragt ihn, ob es die letzte Nacht ist.
Er sagt ja, es sei möglich, daß es die letzte ist, er weiß es nicht. Er erinnert sie daran, daß er nie etwas weiß.

Er geht auf die Terrasse. Der Tag ist sehr trübe.
Er bleibt dort, er schaut. Er weint.

Als er ins Zimmer zurückkommt, sitzt sie auf-

gerichtet da, sie erwartet ihn. Sie blicken einander an. Sie begehren einander.
Sie sagt ihm, sie habe Angst, wie eine Frau in einem Bahnhofshotel getötet zu werden nach der Nacht der Trennung. Er sagt ihr, daß sie nichts mehr zu fürchten hat. Sie glaubt, der Gedanke dazu wäre ihm gekommen, als er auf die Terrasse gegangen war. Er bestätigt es. Er sagt: Einen schwindelnden Augenblick lang, ein Nichts.

Sie weint. Sie sagt, es sei die Erschütterung über dieses Bedürfnis, das er, solange ihre Geschichte dauerte, gehabt hat, der Gedanke daran, daß auf sein alleiniges Wollen hin ihr Körper neben seinem im Zimmer für immer hätte aufhören können zu leben.
Er sagt, daß ihm wirklich jede Nacht dieser Gedanke gekommen sei, vermischt mit dem Grauen vor der See, vor ihrer unnahbaren Schönheit.

Er erzählt ihr vom Schiff.
Er sagt, daß er eine Jacht vorbeifahren gesehen hat, dort, ganz nahe, hundert Meter vom Ufer

entfernt. Ihre Decks waren leer. Das Meer war wie ein See, das Schiff kam auf einem See daher. Eine weiße Jacht. Sie fragt, wann. Er weiß es nicht, vor mehreren Nächten.

Sie hat nie ein Schiff an diesem Strand gesehen. Doch warum nicht. Leute, die sich im Nebel verirrt hatten – in dieser Jahreszeit gibt es auf offener See immer Nebel – und die auf die Lichter der Grandhotels der Badeorte zugefahren sind.

Er war am Strand geblieben, bis das Schiff in der Fahrrinne verschwand. Das verlangsamte Geräusch des Motors hatte sein Herz auf eine ihm noch unbekannte Weise durchdrungen. Er glaubt, daß das Verlangen nach dem jungen Ausländer mit den blauen Augen, dem schwarzen Haar ein letztes Mal durchbrach, in diesem Augenblick, da das Schiff sich vom Strand entfernt hatte. Nachdem das Schiff verschwunden war, war er wohl in den Sand hingestürzt.

Als er lange nach dem Verschwinden des Schiffs wieder erwachte, war eine Dünung bis zur Mauer des Hauses gekommen, zu seinen

Füßen war sie zerstoben, als ob sie ihn verschonen wollte, weiß gefranst, lebendig, wie eine Schrift. Er hatte sie für eine Antwort gehalten, die ihm vom Schiff aus gegeben worden war. Die Antwort, nicht länger auf den jungen Ausländer mit den blauen Augen zu warten, die Antwort, daß er nie mehr zu den Stränden Frankreichs zurückkehren werde.

In diesem Augenblick des heranflutenden Meers hatte er das Verlangen gehabt zu lieben. Mit wahnsinniger Lust zu lieben wie bei dem einzigen Kuß, den sie sich gegeben hatten. Und die Erinnerung an ihre Haut, ihre Augen, ihre Brüste, die Dinge ihres Körpers, ihren Duft, ihre Hände war ihm wiedergekehrt.

In diesem Zustand des Verlangens nach ihr war er mehrere Tage, mehrere Nächte geblieben.

Und dann war die Liebe wiedergekehrt – wie die Erinnerung an den Kuß –, die Liebe, die sein Lebensblut gewesen war, diese Liebe, die ihm Angst gemacht hatte an jenem Sommerabend, als sie sich in dem Café am Meer begegnet waren.

Sie sagt, diese Liebe, diese von ihnen beiden an

jenem Abend beweinte Liebe sei ihre wahrhafte gegenseitige Treue, und dies über ihre gegenwärtige Geschichte und die künftigen ihres Lebens hinaus.

Er sagt ihr, daß ein einziger, selber junger Ausländer Ursache ihrer beider Verzweiflung an jenem Abend am Meer war.

Sie erinnert sich, daß er ihr oft von einem jungen Ausländer mit blauen Augen, schwarzem Haar gesprochen hat, daß sie aber ihrerseits nie gedacht hatte, es handelte sich um den, den sie geliebt hatte.

Besser erinnert sie sich an die tödlichen Leiden, von denen er sprach, jenen, die ihn jeden Sommer heimsuchten, ihn nahezu vernichteten, jene, die ungegenständlich und ohne jede Folge waren.

Er sagt, daß er die Geschichten immer miteinander verwechselt, daß aber dank ihrer Begegnung in dem Café die Erinnerung an den jungen Ausländer ihm vor Irrtum bewahrt erschienen wäre.

Sie sagt, nein, es sei unmöglich zu wissen, was geschehen ist, sie seien wie in den Kriminalfäl-

len jene Zeugen, die hinzuschauen vergessen hatten.
Der einzige Beweis hätte darin bestanden, daß er sie wiedererkannte, sie, als die Frau in der Halle. In welchem Fall sie einander an jenem Abend in jenem Café am Meer nicht kennengelernt hätten.

Er ist in das verschlossene Haus gegangen, um zu trinken. Das tut er bisweilen, und ihr ist es gleich. Er wäre gern sicher, daß dieses weiße Schiff existiert hat. In dieser Nacht verwechselt er es mit einer anderen Erinnerung, mit einem gleichfalls verschlossenen Ort. Er sagt: Mit der Halle eines Hotels am Ufer des Meers.
Sie sagt: Das Schiff hat existiert. Man hat in der Stadt davon gesprochen. Es kam von Le Havre. Es war von der Ebbe in die offene See getragen worden und war wohl zu den Lichtern der Küste zurückgekehrt. Es war eine Jacht von mittlerer Größe, griechischer Nationalität. Außer ihm hatten noch andere Leute es gesehen und gesagt, daß nur die Besatzung an Bord gewesen wäre.

Sie fragt, ob er denn Passagiere auf dem Schiff gesehen hätte.
Er ist sich dessen nicht sicher, aber als das Schiff wendete, ja, da, glaubt er, einen Mann und eine Frau gesehen zu haben, die sich auf die Reling stützten, sicherlich um eine Zigarette zu rauchen und die lange Kette der erleuchteten Kasinos längs der Strände zu bewundern. Aber daß sie bereits wieder in die Kabinen hinabgegangen sein mußten, als das Schiff wieder zur Fahrrinne fuhr – er hatte sie nicht mehr gesehen.
Er legt sich neben sie. Sie sind in einem Glückszustand, den sie nie zuvor gekannt haben, einem so tiefen Glück, daß es ihnen Angst macht.

Er sagt ihr, daß er sich geirrt hat, daß es nicht tagt, daß es dunkel wird, daß sie sich einer neuen Nacht nähern, ihre ganze Dauer abwarten müssen, um zum Tag zu gelangen, daß sie sich bezüglich des Vergehens der Stunden geirrt haben. Sie fragt ihn nach der Farbe des Meers.
Er weiß es nicht mehr.
Er hört sie weinen. Er fragt sie, worüber sie

weint. Er wartet ihre Antwort nicht ab. Er fragt sie, welche Farbe das Meer haben müßte. Sie sagt, das Meer nimmt seine Farbe vom Himmel – es handelt sich weniger um eine Farbe als um einen Zustand des Lichts.
Sie sagt, daß sie vielleicht zu sterben begonnen haben.
Er sagt, er weiß nichts über den Tod, daß er ein Mann ist, der, wenn er geliebt hat, wenn er liebt, wenn er stirbt, es nicht weiß. Aus seiner Stimme tönen noch Schreie, aber von fern, geweinte Schreie.
Er sagt ihr jedoch, auch er glaube jetzt, daß es sich zwischen ihnen um das handeln muß, wovon sie in den ersten Tagen ihrer Geschichte sprach. Sie verbirgt ihr Gesicht am Boden, sie weint.

Es ist die letzte Nacht, sagt der Schauspieler.
Die Zuschauer bewegen sich nicht mehr und blicken in Richtung des Schweigens, in Richtung der Helden. Der Schauspieler

weist mit dem Blick auf sie hin. Die Helden sind noch im starken Licht des Stromrands zur Schau gestellt. Sie liegen ausgestreckt da, mit dem Gesicht zum Zuschauerraum. Als seien sie vom Schweigen tief bestürzt. Sie schauen zum Saal hin, nach draußen, zur Lesung, zum Meer. Ihr Blick ist geängstigt, schmerzlich, immer schuldbewußt, weil sie der Gegenstand der allgemeinen Aufmerksamkeit, jener der Schauspieler auf der Bühne und jener der Zuschauer im Saal gewesen sind.

Die letzte Nacht, verkündet der Schauspieler.

Sie liegen da mit dem Gesicht zum Saal, nahe beieinander und fern, bereit, aus aller menschlichen Geschichte zu verschwinden. Nicht das Nachlassen des Lichts, sondern die Stimme des einzelnen Schauspielers wird es sein, was die Bewegungslosigkeit der anderen Schauspieler bewirkt, den Stillstand ihrer Bewegungen, ihr obligates, infernalisches Lauschen auf das letzte Schweigen.

An diesem Abend der sechsten Nacht wendet sich sein Blick von ihrem ab, und sie bedeckt sich, sobald er sich nähert, mit dem weißen Laken.

Ein letzter Satz, sagt der Schauspieler, wäre vor dem Verstummen vielleicht gesagt worden. Es ist anzunehmen, daß sie ihn zu ihm gesagt hätte in der letzten Nacht ihrer Liebe. Der Satz hätte sich auf die Erschütterung bezogen, die man manchmal empfindet, weil man etwas wiedererkennt, was man noch nicht kennt, er hätte sich auf die Schwierigkeit bezogen, in der man sich befindet, dieser Schwierigkeit Ausdruck zu geben wegen der Unangemessenheit der Worte, ihrer Dürftigkeit angesichts der Ungeheuerlichkeit des Schmerzes.

Im Hintergrund des Theaters, sagt der Schauspieler, wäre eine Mauer von blauer Farbe gewesen. Diese Mauer schloß die Szene ab. Sie war massiv, stand nach Westen zu, dem Meer gegenüber. Ursprünglich hätte es sich um ein aufgegebenes deutsches Fort gehandelt. Diese Mauer galt als unzerstörbar, obwohl sie Tag und Nacht dem Seewind ausgesetzt ist und die volle Wucht der stärksten Stürme erfährt.

Der Schauspieler sagt, daß um die Idee von dieser Mauer und dem Meer herum das Theater errichtet worden ist, damit das Geräusch des Meers, nah oder entfernt, im Theater immer gegenwärtig sein sollte. Bei ruhigem Wetter wurde es durch die Dicke der Mauer gedämpft, aber es war immer da, im ruhigen Rhythmus der See. Über seinen Charakter täuschte man sich nie. Wenn in manchen Nächten die Stürme heftig waren, hörte man deutlich den Angriff der Wellen auf die Wand des Zimmers und wie sie sich in den Worten brachen.

Marguerite Duras im Suhrkamp Verlag

Abahn Sabana David. Aus dem Französischen von Maria Dessauer. Leinen

Aurelia Steiner. Aus dem Französischen von Andrea Spingler. BS 1006

Blaue Augen, schwarzes Haar. Aus dem Französischen von Maria Dessauer. Leinen

Dialoge. Gespräch im Park. Die Viadukte. Ganze Tage in den Bäumen. Seen und Schlösser. La Musica. Aus dem Französischen von Walter Boehlich, Walter M. Guggenheimer, Werner Spies und Gerda von Uslar. Leinen

Eden Cinéma. Aus dem Französischen von Ruth Henry. es 1443

Emily L. Roman. Aus dem Französischen von Maria Dessauer. Leinen

Ganze Tage in den Bäumen. Erzählung. Deutsch von Elisabeth Schneider. BS 669 und st 1157

Heiße Küste. Roman. Aus dem Französischen von Georg Goyert. st 1581

Hiroshima mon amour. Filmnovelle. Deutsch von Walter Maria Guggenheimer. st 112

Im Park. Roman. Aus dem Französischen von Andrea Spingler. Leinen

La Musica 2. Theaterstück. Aus dem Französischen von Simone Werle. es 1408

Der Lastwagen. Mit einem Gespräch zwischen Marguerite Duras und Michelle Porte. Aus dem Französischen von Jürg Laederach. st 1349

Liebe. Aus dem Französischen von Barbara Henninges. BS 935

Der Liebhaber. Aus dem Französischen von Ilma Rakusa. Leinen, BS 967 und st 1629

Der Matrose von Gibraltar. Roman. Aus dem Französischen von Maria Dessauer. Leinen

Moderato cantabile. Roman. Aus dem Französischen von Leonharda Gescher und W. M. Guggenheimer. st 1178

Der Nachmittag des Herrn Andesmas. Deutsch von Walter Boehlich. BS 109

Die Pferdchen von Tarquinia. Roman. Aus dem Französischen von Walter M. Guggenheimer. Gebunden und st 1269

Ein ruhiges Leben. Roman. Deutsch von W.M. Guggenheimer. st 1210

Sommer 1980. Aus dem Französischen von Ilma Rakusa. es 1205

Das tägliche Leben. Marguerite Duras im Gespräch mit J. Beaujour. Aus dem Französischen von Ilma Rakusa. es 1508

Vera Baxter oder Die Atlantikstrände. Aus dem Französischen von Andrea Spingler. es 1389

Die Verzückung der Lol V. Stein. Deutsch von Katharina Zimmer. st 1079

20/1/1.89

Marguerite Duras
im Suhrkamp Verlag

Der Vize-Konsul. Roman. Deutsch von W.M. Guggenheimer. st 1017

Die Orte der Marguerite Duras. Aus dem Französischen von Justus F. Wittkop. es 1080

Zu Marguerite Duras

Marguerite Duras. Herausgegeben von Ilma Rakusa. stm. st 2096

Yann Andréa: M. D. Aus dem Französischen von Renate Hörisch-Helligrath. es 1364

20/2/1.89

suhrkamp taschenbücher
Eine Auswahl

Abish: Wie deutsch ist es. st 1135
Achternbusch: Die Alexanderschlacht. st 1232
– Die Atlantikschwimmer. st 1233
– Das Haus am Nil. st 1394
– Wind. st 1395
Adorno: Erziehung zur Mündigkeit. st 11
Aitmatow: Dshamilja. st 1579
– Der weiße Dampfer. st 51
Alain: Die Pflicht, glücklich zu sein. st 859
Anders: Erzählungen. st 432
Ansprüche. Verständigungstexte von Frauen. st 887
Arendt: Die verborgene Tradition. st 303
The Best of H.C. Artmann. st 275
Augustin: Eastend. st 1176
Ba Jin: Die Familie. st 1147
Bachmann: Malina. st 641
Bahlow: Deutsches Namenlexikon. st 65
Ball: Hermann Hesse. st 385
Ball-Hennings: Briefe an Hermann Hesse. st 1142
Ballard: Billennium. PhB 96. st 896
– Die Dürre. PhB 116. st 975
– Der tote Astronaut. PhB 107. st 940
Barnet: Das Lied der Rahel. st 966
Barthelme: Moon de luxe. st 1503
Barthes: Fragmente einer Sprache der Liebe. st 1586
Baur: Überleben. st 1098
Becker, Jürgen: Gedichte. st 690
Becker, Jurek: Aller Welt Freund. st 1151
– Bronsteins Kinder. st 1517
– Jakob der Lügner. st 774
– Schlaflose Tage. st 626
Beckett: Der Ausgestoßene. L'Expulsé. The Expelled. st 1006
– Endspiel. Fin de partie. Endgame. st 171
– Glückliche Tage. st 248
– Malone stirbt. st 407
– Mercier und Camier. st 943
– Molloy. st 229
– Warten auf Godot. st 1
– Watt. st 46
Behrens: Die weiße Frau. st 655
Beig: Hermine. st 1303
– Hochzeitslose. st 1163
– Rabenkrächzen. st 911
Benjamin: Angelus Novus. st 1512
– Deutsche Menschen. st 970
– Illuminationen. st 345
Benjamin/Scholem: Briefwechsel 1933-1940. st 1211
Berkéwicz: Josef stirbt. st 1125
– Michel, sag ich. st 1530
Bernhard: Alte Meister. st 1553
– Amras. st 1506
– Beton. st 1488
– Die Billigesser. st 1489
– Holzfällen. st 1523
– Ja. st 1507
– Korrektur. st 1533
– Der Stimmenimitator. st 1473
– Stücke 1. st 1524
– Stücke 2. st 1534
– Stücke 3. st 1544
– Stücke 4. st 1554
– Ungenach. st 1543

265/1/1.89

suhrkamp taschenbücher
Eine Auswahl

Bernhard: Der Untergeher. st 1497
– Verstörung. st 1480
– Watten. st 1498
Bioy Casares: Morels Erfindung. PhB 106. st 939
– Der Traum der Helden. st 1185
Blackwood: Die gefiederte Seele. PhB 229. st 1620
– Der Tanz in den Tod. PhB 84. st 848
Blatter: Kein schöner Land. st 1250
– Die Schneefalle. st 1170
– Wassermann. st 1597
Böni: Ein Wanderer im Alpenregen. st 671
Bohrer: Ein bißchen Lust am Untergang. st 745
Brasch: Der schöne 27. September. st 903
Braun, V.: Gedichte. st 499
– Hinze-Kunze-Roman. st 1538
Bertolt Brechts Dreigroschenbuch. st 87
– Gedichte. st 251
– Gedichte für Städtebewohner. st 640
– Gedichte über die Liebe. st 1001
– Geschichten vom Herrn Keuner. st 16
Brecht-Liederbuch. st 1216
Brentano, B.: Berliner Novellen. st 568
Broch: Die Verzauberung. st 350
– Der Tod des Vergil. st 296
– Die Schuldlosen. st 209
– Massenwahntheorie. st 502
Brod: Der Prager Kreis. st 547
Buch: Die Hochzeit von Port-au-Prince. st 1260
– Karibische Kaltluft. st 1140
Cain: Serenade in Mexiko. st 1164
Campbell: Der Heros in tausend Gestalten. st 424
Carossa: Der Arzt Gion. st 821
– Ungleiche Welten. st 521
Carpentier: Explosion in der Kathedrale. st 370
– Die Harfe und der Schatten. st 1024
Carroll: Das Land des Lachens. PhB 170. st 1247
Celan: Gesammelte Werke in fünf Bänden. st 1331-1332
Christo: Der Reichstag. st 960
Cioran: Syllogismen der Bitterkeit. st 607
Clarín: Die Präsidentin. st 1390
Cortázar: Album für Manuel. st 936
– Alle lieben Glenda. st 1576
– Bestiarium. st 543
– Die geheimen Waffen. st 672
– Rayuela. st 1462
Dorst: Merlin oder Das wüste Land. st 1076
Duras: Ganze Tage in den Bäumen. st 1157
– Heiße Küste. st 1581
– Hiroshima mon amour. st 112
– Der Lastwagen. st 1349
– Ein ruhiges Leben. st 1210
Eich: Fünfzehn Hörspiele. st 120
Eliade: Bei den Zigeunerinnen. st 615
– Kosmos und Geschichte. st 1273
– Yoga. st 1127
Eliot: Werke. 4 Bde. st 1561/1562/1567

265/2/1.89

suhrkamp taschenbücher
Eine Auswahl

Enzensberger: Gedichte. st 1360
– Der kurze Sommer der Anarchie. st 395
– Politische Brosamen. st 1132
Fanon: Schwarze Haut, weiße Masken. st 1186
Federspiel: Die Liebe ist eine Himmelsmacht. st 1529
– Die Märchentante. st 1234
– Massaker im Mond. st 1286
– Paratuga kehrt zurück. st 843
Feldenkrais: Bewußtheit durch Bewegung. st 429
– Die Entdeckung des Selbstverständlichen. st 1440
Fleißer: Abenteuer aus dem Englischen Garten. st 925
– Ein Pfund Orangen. st 991
– Eine Zierde für den Verein. st 294
Franke: Der Atem der Sonne. PhB 174. st 1265
– Endzeit. PhB 150. st 1153
– Keine Spur von Leben. PhB 62. st 741
– Tod eines Unsterblichen. PhB 69. st 772
– Zone Null. PhB 35. st 585
Der Frauenheld. st 1296
Freund: Drei Tage mit James Joyce. st 929
Frisch: Gesammelte Werke in zeitlicher Folge. st 1401-1407
– Andorra. st 277
– Herr Biedermann und die Brandstifter. Rip van Winkle. st 599
– Homo faber. st 354
– Mein Name sei Gantenbein. st 286
– Der Mensch erscheint im Holozän. st 734
– Montauk. st 700
– Stiller. st 105
Fromm/Suzuki/Martino: Zen-Buddhismus und Psychoanalyse. st 37
Fühmann: 22 Tage oder Die Hälfte des Lebens. st 463
– Bagatelle, rundum positiv. st 426
Fuentes: Nichts als das Leben. st 343
Gabeira: Die Guerilleros sind müde. st 737
Gandhi: Mein Leben. st 953
García Lorca: Dichtung vom Cante Jondo. st 1007
– Das Publikum. Komödie ohne Titel. st 1207
Genzmer: Freitagabend. st 1540
– Manhattan Bridge. st 1396
Ginzburg: Caro Michele. st 853
– Mein Familien-Lexikon. st 912
Goetz: Irre. st 1224
Goytisolo: Johann ohne Land. st 1541
– Rückforderung des Conde don Julián. st 1278
Gulyga: Immanuel Kant. st 1093
Handke: Die Angst des Tormanns beim Elfmeter. st 27
– Der Chinese des Schmerzes. st 1339
– Das Ende des Flanierens. st 679
– Die Geschichte des Bleistifts. st 1149
– Kindergeschichte. st 1071
– Langsame Heimkehr. st 1069
– Die Lehre der Sainte-Victoire. st 1070

265/3/1.89

suhrkamp taschenbücher
Eine Auswahl

Handke: Die linkshändige Frau. st 560
– Die Stunde der wahren Empfindung. st 452
– Über die Dörfer. st 1072
– Wunschloses Unglück. st 146
Hart Nibbrig: Spiegelschrift. st 1464
Hesse: Gesammelte Werke. 12 Bde. st 1600
– Berthold. st 1198
– Casanovas Bekehrung und Pater Matthias. st 1196
– Demian. st 206
– Gertrud. st 890
– Das Glasperlenspiel. st 79
– Innen und Außen. st 413
– Karl Eugen Eiselein. st 1192
– Klein und Wagner. st 116
– Kleine Freuden. st 360
– Klingsors letzter Sommer. st 1195
– Knulp. st 1571
– Die Kunst des Müßiggangs. st 100
– Kurgast. st 383
– Ladidel. st 1200
– Der Lateinschüler. st 1193
– Legenden. st 909
– Die Marmorsäge. st 1381
– Die Morgenlandfahrt. st 750
– Narziß und Goldmund. st 274
– Die Nürnberger Reise. st 227
– Peter Camenzind. st 161
– Robert Aghion. st 1379
– Roßhalde. st 312
– Schön ist die Jugend. st 1380
– Siddharta. st 182
– Der Steppenwolf. st 175
– Unterm Rad. st 52
– Der vierte Lebenslauf Josef Knechts. st 1261
– Walter Kömpff. st 1199
– Der Weltverbesserer und Doktor Knölges Ende. st 1197
– Der Zyklon. st 1377
Hildesheimer: Das Ende der Fiktionen. st 1539
– Marbot. st 1009
– Mitteilungen an Max über den Stand der Dinge. st 1276
– Mozart. st 598
– Paradies der falschen Vögel. st 295
– Theaterstücke. st 362
Hohl: Die Notizen. st 1000
Horváth: Gesammelte Werke. 15 Bde. st 1051-1065
– Don Juan kommt aus dem Krieg. st 1059
– Geschichten aus dem Wiener Wald. st 1054
– Glaube Liebe Hoffnung. st 1056
– Italienische Nacht. st 1053
– Ein Kind unserer Zeit. st 1064
– Jugend ohne Gott. st 1063
Hrabal: Erzählungen, Moritaten und Legenden. st 804
– Harlekins Millionen. st 1615
– Das Städtchen am Wasser. st 1613-1615
Hürlimann: Die Tessinerin. st 985
Hughes: Ein Sturmwind auf Jamaika. st 980
Im Jahrhundert der Frau. st 1011
Innerhofer: Die großen Wörter. st 563
– Schöne Tage. st 349
Inoue: Die Eiswand. st 551

265/4/1.89

suhrkamp taschenbücher
Eine Auswahl

Inoue: Der Stierkampf. st 944
Janker: Zwischen zwei Feuern. st 1251
Johnson: Berliner Sachen. st 249
– Das dritte Buch über Achim. st 169
– Ingrid Babendererde. st 1387
– Mutmassungen über Jakob. st 147
– Eine Reise nach Klagenfurt. st 235
Jonas: Materie, Geist und Schöpfung. st 1580
– Das Prinzip Verantwortung. st 1085
Joyce: Anna Livia Plurabelle. st 751
T.S. Eliots Joyce-Lesebuch. st 1398
Kaminski: Herzflattern. st 1080
– Nächstes Jahr in Jerusalem. st 1519
Kaschnitz: Jennifers Träume. st 1022
– Kein Zauberspruch. st 1310
– Liebesgeschichten. st 1292
– Mexikanische Novelle. st 1367
– Ohne Eifer, ohne Zorn. st 1301
Koch: Der Prozeß Jesu. st 1362
– See-Leben. st 783
Koeppen: Amerikafahrt. st 802
– Angst. st 1459
– Die elenden Skribenten. st 1008
– Die Mauer schwankt. st 1249
– Tauben im Gras. st 601
– Der Tod in Rom. st 241
– Das Treibhaus. st 78
Kolleritsch: Gedichte. st 1590
Konrád: Der Besucher. st 492
– Der Komplize. st 1220
Korte: Eine Gesellschaft im Aufbruch. st 1471
Kracauer: Die Angestellten. st 13
– Kino. st 126
– Das Ornament der Masse. st 371
Kraus: Aphorismen. st 1318
– Die chinesische Mauer. st 1312
– Die letzten Tage der Menschheit. st 1320
– Literatur und Lüge. st 1313
– Sittlichkeit und Kriminalität. st 1311
– Die Sprache. st 1317
– Weltgericht. st 1315/1316
Karl-Kraus-Lesebuch. st 1435
Kroetz: Der Mondscheinknecht. st 1039
– Der Mondscheinknecht. Fortsetzung. st 1241
– Stücke. st 1447-1449
Kühn: Auf der Zeitachse. st 1619
– Der Himalaya im Wintergarten. st 1026
– Und der Sultan von Oman. st 758
Kundera: Das Buch vom Lachen und vom Vergessen. st 868
– Das Leben ist anderswo. st 377
Laederach: Nach Einfall der Dämmerung. st 814
– Laederachs 69 Arten den Blues zu spielen. st 1446
– Sigmund oder Der Herr der Seelen tötet seine. st 1235
Lao She: Die Stadt der Katzen. PhB 151. st 1154
Lem: Also sprach GOLEM. PhB 175. st 1266
– Die Astronauten. PhB 16. st 441

265/5/1.89

suhrkamp taschenbücher
Eine Auswahl

Lem: Frieden auf Erden. PhB 220. st 1574
– Der futurologische Kongreß. PhB 29. st 534
– Das Katastrophenprinzip. PhB 125. st 999
– Lokaltermin. PhB 200. st 1455
– Memoiren, gefunden in der Badewanne. PhB 25. st 508
– Robotermärchen. PhB 85. st 856
– Sterntagebücher. PhB 20. st 459
– Waffensysteme des 21. Jahrhunderts. PhB 124. st 998
Lenz, H.: Die Augen eines Dieners. st 348
– Ein Fremdling. st 1491
– Der Kutscher und der Wappenmaler. st 934
– Neue Zeit. st 505
– Der Tintenfisch in der Garage. st 620
– Der Wanderer. st 1492
Leutenegger: Gouverneur. st 1341
– Ninive. st 685
Lezama Lima: Paradiso. st 1005
Lovecraft: Azathoth. PhB 230. st 1627
– Der Fall Charles Dexter Ward. PhB 8. st 391
– Stadt ohne Namen. PhB 52. st 694
Majakowski: Her mit dem schönen Leben. st 766
Mayer: Außenseiter. st 736
– Ein Deutscher auf Widerruf 1/2. st 1500/1501
– Georg Büchner und seine Zeit. st 58
– Thomas Mann. st 1047
Mayröcker: Die Abschiede. st 1408
– Ausgewählte Gedichte. st 1302
Meier, G.: Toteninsel. st 867
Meyer, E. Y.: In Trubschachen. st 501
– Ein Reisender in Sachen Umsturz. st 927
– Die Rückfahrt. st 578
Miller: Am Anfang war Erziehung. st 951
– Bilder einer Kindheit. st 1158
– Das Drama des begabten Kindes. st 950
– Du sollst nicht merken. st 952
Milosz: Verführtes Denken. st 278
Mitscherlich: Ein Leben für die Psychoanalyse. st 1010
– Massenpsychologie ohne Ressentiment. st 76
– Thesen zur Stadt der Zukunft. st 10
Morante: Lüge und Zauberei. st 701
Morshäuser: Die Berliner Simulation. st 1293
– Blende. st 1585
Moser: Gottesvergiftung. st 533
– Grammatik der Gefühle. st 897
– Kompaß der Seele. st 1340
– Lehrjahre auf der Couch. st 352
– Stufen der Nähe. st 978
Muschg: Albissers Grund. st 334
– Baiyun oder die Freundschaftsgesellschaft. st 902
– Entfernte Bekannte. st 510
– Fremdkörper. st 964
– Gegenzauber. st 665

265/6/1.89

suhrkamp taschenbücher
Eine Auswahl

Muschg: Im Sommer des Hasen. st 263
– Das Licht und der Schlüssel. st 1560
Museum der modernen Poesie. st 476
Neruda: Liebesbriefe an Albertina Rosa. st 829
Nizon: Canto. st 319
– Im Hause enden die Geschichten. st 431
Nossack: Aus den Akten der Kanzlei. st 1468
– Begegnung im Vorraum. st 1177
– Bereitschaftsdienst. st 1460
– Spirale. st 50
Onetti: Das kurze Leben. st 661
– So traurig wie sie. st 1601
Oz: Im Lande Israel. st 1066
– Mein Michael. st 1589
Paz: Essays. st 1036
Pedretti: Harmloses, bitte. st 558
– Die Zertrümmerung von dem Kind Karl. st 1156
Ernst Penzoldts schönste Erzählungen. st 216
Percy: Der Idiot des Südens. st 1531
– Lancelot. st 1391
Platschek: Über die Dummheit in der Malerei. st 1139
Plenzdorf: Gutenachtgeschichte. st 958
– Legende vom Glück ohne Ende. st 722
– Die neuen Leiden des jungen W. st 300
Poniatowska: Stark ist das Schweigen. st 1438
Proust: Auf der Suche nach der verlorenen Zeit. 10 Bde.
– Briefe zum Leben. st 464
Puig: Der Kuß der Spinnenfrau. st 869
– Der schönste Tango der Welt. st 474
– Verraten von Rita Hayworth. st 344
Rochefort: Frühling für Anfänger. st 532
– Eine Rose für Morrison. st 575
– Die Welt ist wie zwei Pferde. st 1244
– Zum Glück gehts dem Sommer entgegen. st 523
Rodoreda: Auf der Plaça del Diamant. st 977
– Der zerbrochene Spiegel. st 1494
Russell: Eroberung des Glücks. st 389
Sanzara: Die glückliche Hand. st 1184
– Das verlorene Kind. st 910
Schimmang: Das Ende der Berührbarkeit. st 739
– Der schöne Vogel Phönix. st 527
Schivelbusch: Intellektuellendämmerung. st 1121
Schneider: Dem lebendigen Geist. st 1419
– Philipp der Zweite oder Religion und Macht. st 1412
Semprun: Die große Reise. st 744
– Was für ein schöner Sonntag. st 972
– Yves Montand: Das Leben geht weiter. st 1279
– Der zweite Tod des Ramón Mercader. st 564

265/7/1.89

suhrkamp taschenbücher
Eine Auswahl

Shaw: Der Aufstand gegen die Ehe. st 328
– Mensch und Übermensch. st 987
Sloterdijk: Der Zauberbaum. st 1445
Soriano: Das Autogramm. st 1252
Steiner: Auf dem Berge Sinai sitzt der Schneider Kikrikri. st 1572
– Ein Messer für den ehrlichen Finder. st 583
– Das Netz zerreißen. st 1162
Sternberger: Drei Wurzeln der Politik. st 1032
– Herrschaft und Vereinbarung. st 1289
– Die Politik und der Friede. st 1237
Stierlin: Delegation und Familie. st 831
– Eltern und Kinder. st 618
– Das Tun des Einen ist das Tun des Anderen. st 313
Struck: Lieben. st 567
– Die Mutter. st 489
Strugatzki/Strugatzki: Der ferne Regenbogen. PhB 111. st 956
– Die häßlichen Schwäne. PhB 177. st 1275
– Eine Milliarde Jahre vor dem Weltuntergang. PhB 186. st 1338
Das Suhrkamp Taschenbuch. st 1100
Tendrjakow: Die Abrechnung. st 965
– Frühlingsspiel. st 1364
Unseld: Der Autor und sein Verleger. st 1204
– Begegnungen mit Hermann Hesse. st 218
– Peter Suhrkamp. st 260
Vargas Llosa: Gespräch in der ›Kathedrale‹. st 1015
– Der Hauptmann und sein Frauenbataillon. st 959
– Der Krieg am Ende der Welt. st 1343
– Tante Julia und der Kunstschreiber. st 1520
Wachenfeld: Camparirot. st 1608
Walser, M.: Die Anselm Kristlein Trilogie. st 684
– Brandung. st 1374
– Ehen in Philippsburg. st 1209
– Ein fliehendes Pferd. st 600
– Halbzeit. 2 Bde. st 94
– Jenseits der Liebe. st 525
– Liebeserklärungen. st 1259
– Die Ohrfeige. st 1457
– Das Schwanenhaus. st 800
– Seelenarbeit. st 901
Walser, R.: Fritz Kochers Aufsätze. st 1101
– Geschwister Tanner. st 1109
– Jakob von Gunten. st 1111
– Der Räuber. st 1112
– Seeland. st 1107
– Der Spaziergang. st 1105
– Wenn Schwache sich für stark halten. st 1117
Watts: Der Lauf des Wassers. st 878
– Vom Geist des Zen. st 1288
Weber-Kellermann: Die deutsche Familie. st 185
Weiß, E.: Der arme Verschwender. st 795
– Der Aristokrat. st 792

265/8/1.89

suhrkamp taschenbücher
Eine Auswahl

265/9/1.89

Italienische und spanische Literatur in der edition suhrkamp und in den suhrkamp taschenbüchern

Alberti, Rafael: Der Verlorene Hain. Erinnerungen. Aus dem Spanischen von Joachim A. Frank. st 1171

Buzzati, Diho: Die Maschine des Aldo Christofari und andere phantastische Erzählungen. Herausgegeben von Kalju Kirde. PhB 157. st 1175

Celli, Giorgio: Der letzte Alchemist. Betrachtungen über Komik und Wissenschaft. Mit einem Vorwort von Umberto Eco. Aus dem Italienischen von Sigrid Vagt. st 1622

Clarín, Leopoldo Alas: Die Präsidentin. Roman. Aus dem Spanischen von Egon Hartmann. Mit einem Nachwort von F. R. Fries. st 1390

García Lorca, Federico: Dichtung vom Cante Jondo. Dichtung vom tiefinnern Sang. Deutsch von Enrique Beck. st 1007

– Das Publikum. Komödie ohne Titel. Zwei Stücke aus dem Nachlaß. Deutsch von Rudolf Wittkopf. st 1207

– Über Dichtung und Theater. Deutsch von Enrique Beck. st 196

– Ginzburg, Natalia: Caro Michele. Der Roman einer Familie. Aus dem Italienischen von Arianna Giachi. st 853

– Ein Mann und eine Frau. Aus dem Italienischen von Arianna Giachi. st 816

– Mein Familien-Lexikon. Deutsch von Alice Vollenweider. st 912

Goytisolo, Juan: Dissidenten. Aus dem Spanischen von Joachim A. Frank. es 1224

– Identitätszeichen. Roman. Aus dem Spanischen von Joachim A. Frank. st 1133

– Johann ohne Land. Roman. Aus dem Spanischen von Joachim A. Frank. Mit einem Nachwort von Karsten Garscha. st 1541

– Rückforderung des Conde don Julián. Roman. Mit einem Nachwort von Carlos Fuentes. Aus dem Spanischen von Joachim A. Frank. st 1278

– Spanien und die Spanier. Aus dem Spanischen übertragen von Fritz Vogelgsang. st 861

Malerba, Luigi: Der Protagonist. Roman. Aus dem Italienischen von Alice Vollenweider. st 1569

– Salto mortale. Roman. Aus dem Italienischen übersetzt von Alice Vollenweider. st 1363

Meine Schwester Elba. Neue spanische Erzählerinnen. Mit einem Nachwort von Michi Strausfeld. Herausgegeben und übersetzt von Margarete Born. st 1532

114/1/8.88

Italienische und spanische Literatur
in der edition suhrkamp und
in den suhrkamp taschenbüchern

Morante, Elsa: Lüge und Zauberei. Roman. Mit einem Nachwort von Dominique Fernandez. Aus dem Italienischen übersetzt von Hanneliese Hinderberger. st 701

Morselli, Guido: Liebe einer Tochter. Roman. Aus dem Italienischen von Arianna Giachi. st 1568

Rodoreda, Mercè: Auf der Plaça del Diamant. Roman. Aus dem Katalanischen von Hans Weiss. Mit einem Nachwort von Gabriel García Márquez. st 977

– Der zerbrochene Spiegel. Roman. Aus dem Katalanischen von Angelika Maass. st 1494

Savinio, Alberto: Neue Enzyklopädie. Aus dem Italienischen von Christine Wolter. st 1253

Semprun, Jorge: Die große Reise. Roman. Aus dem Französischen übertragen von Abelle Christaller nach der Originalausgabe. st 744

– Was für ein schöner Sonntag! Aus dem Französischen von Johannes Piron. st 972

– Yves Montand. Das Leben geht weiter. Aus dem Französischen von Uli Aumüller. st 1279

– Der zweite Tod des Ramón Mercader. Roman. Aus dem Französischen von Gundl Steinmetz. st 564

Sender, Ramón José: Der Verschollene. Roman. Deutsch von Walter Boehlich. st 1037

114/2/8.88